川端康成

Kawabata Yasunari

爱的人们

愛する人達

谭晶华 译

上海译文出版社

目　录

母亲的初恋

一

佐山提醒妻子时枝：举办婚礼时，白粉施不匀会很丢人，就别让雪子再干洗洗涮涮的厨房粗活了。

这种事情，做女人的时枝理应多加留心的。再说，雪子是佐山从前情人的女儿，这种关系也使他不便开口与妻子谈论这方面的事。

“是呀。”时枝并没露出任何的不快，点头回答，“至少得让她去美容院两三次，不熟悉熟悉化妆，一下子涂上厚厚的白粉，会不习惯的。”

随后，她叫来雪子吩咐：

“雪子，你就别再干洗衣做饭的活了，杂志的文章里写着，举办婚礼时，粗糙的手让人看到很不体面……临睡前要涂上雪花膏，戴好手套睡才行。”

“哎。”

雪子擦着手从厨房里走出来，跪在门边听时枝说话。她并没有羞得脸红，然后，低着头起身又去做饭。

这已是前天傍晚的事了，今天白天，雪子依然在厨房忙个不停。

佐山心想，如此看来，婚礼举行那天她兴许还要做好早饭才离开这个家吧。

他瞅着雪子，见她高兴得眯缝着眼睛，不时伸出舌头去品尝舀到小碟子里的汤水。

“可爱的新娘啊。”佐山被她吸引过去，轻轻抚摸着她的肩说，“做饭时你想些啥？”

“做饭时……”雪子吞吞吐吐，站着一动不动。

雪子喜欢烹调，从女中三年级时起就成了时枝的帮手，初中毕业后做饭就全由她包了，如今，时枝连调味也让雪子去干，“雪子呀，来尝尝这味道怎么样？”

就在雪子即将出嫁之时，佐山忽然想到，雪子烹调的味道居然与时枝如出一辙。

要说烹调，即便是母女、姐妹也未必能调得一模一样。佐山想起乡下老家的两个姐姐出嫁前，家里让她们学烹调，可小姐姐怎么也学不好，始终贻笑家人。

佐山偶尔回老家，吃到母亲亲自做的饭菜感到十分亲切，却因不合口味而受不了。如此看来，如今佐山家的口味是时枝从娘家带来的，雪子十六岁那年由佐山收养，她完全习惯了时枝烹调的口味，她会带着这种口味去出嫁。说来真是不可思议，这种情况世间还常能遇上吧。

雪子的这套调味方法能适合她对象若杉的口味吗？

佐山渐渐怜爱起雪子来。

走进饭厅，他一看鸽子钟，便大声喊起来：

“我说，快点开饭吧，我要坐一点零三分的车去大垣！”

“就来。”

雪子赶紧把饭菜端过去，又叫了在灶后断火的女佣。

雪子也一起坐下，在一旁伺候佐山和时枝。

佐山看着雪子的手，好像并没有因入水干活而显得粗糙，或许她本来就皮肤白皙，怎么说她还只是个十九岁的年轻姑娘，佐山觉得她的娇嫩丰腴的颈项处散发出一股温柔的馨香。

佐山不禁笑了。

时枝抬头问：“你笑什么？”

“嗯，雪子戴上戒指啦。”

“可不是么。不过，那不就是订婚戒指吗。我说那是人家送的，让她戴上，有什么好笑的？”

雪子羞得满面通红，她脱下戒指，慌张失措地将其藏在坐垫下。

“对不起，对不起！确实没什么好笑的，可说不上为什么，我有莫名其妙发笑的毛病……寂寞时也会不由地发笑。”

佐山这番颇有辩解意味的话语令雪子更为拘谨，越发坐立不安了。

佐山自己也闹不明白为何发笑，而雪子的羞涩劲儿也显得异乎寻常。

佐山换上出门穿着的西装，吃完饭立即动身了。

雪子提着皮包先来到门口等候。

“就到这儿吧。”佐山伸手接过包。雪子悲伤地望着佐山的脸，摇摇头说：“我送您去汽车站。”

佐山想，她大概有什么话要说。

为了给雪子和若杉预订新婚旅行的饭店，佐山这是要去热海。

佐山故意放慢脚步，可雪子什么也没说。

“订什么样的旅馆好呢？”这话他已经问了好几遍了。

“叔叔觉得好就成。”

雪子默默地站着直到汽车开来。

佐山上车后，她又目送了一阵，然后朝路边的邮筒里投进一封信。投信的动作并不轻松，十分沉静，似乎有点迟疑。

佐山从车窗回头望去，看到站在邮筒前雪子上身的背影，觉得这孩子还是到二十二三岁后结婚才好。

刚才投进邮筒的信上好像贴着两张四分钱的邮票，那信是写给谁的呢？

二

如同时枝所说，预订新婚旅行旅馆住房之类的事打个电话或写张明信片就能搞定，可是佐山还是借口要顺便为创作剧本打腹稿，特地走出家门。

自从懂事起，雪子就受到继父和贫困的折磨，虽说被佐山家收留后生活安定了，但总还算是个吃闲饭的人，再说，若只是给自己亲戚家添点麻烦倒也罢了，而自己的处境确是奇妙事由造成的，或许有种困入牢狱的感觉。

结婚会使雪子首次拥有自己的生活和家庭。

佐山真心诚意地希望雪子于新婚翌日的清晨在一种强烈的解放和独立的感受中醒来，所以最好找一处景观怡人的地方，恰似从洞穴来到广阔的原野、阴沉的天空豁然变成晴空万里一般。

热海饭店等宾馆倒是不错，可以眺望南面的大海和海角。但这种饭店的格局以及会与其他新婚夫妇挤在一起的境况将使羞涩、稚气的新娘雪子胆怯，可旅馆最近所盖的新式独立厢房又显得过分扎眼。

佐山最终选中的是供出租的古色古香别墅风格的房子，这些别墅房稀疏地散落在宽敞院落的树丛和山坡之间，瀑布和水池也颇为自然，显得悠闲宁静，就像自己家的院落一般僻静。屋内还有浴室，地处傍山的郊外。

佐山在庭院里朝一栋别墅房张望，他觉得天色有点暗了，决定立刻回到旅馆主楼自己的房间去。

他想轻轻松松地闲待两天，所以一本书也没带来，可是，枯坐了两小时后，已经感到无所事事的无聊。

他自言自语地说："原来如此，真是不可救药！"

忽然间，佐山发现自己的思路与想象的源泉都已枯竭，觉得自己煞是可怜。

究竟是什么东西蒙骗自己如此忙忙碌碌地打发日子呢？

佐山在制片厂的工作并不多，虽然才四十出头，但作为剧作家的他却已经退居二线了，无需每天都去上班。将乏味的小说改编任务推给晚辈们去干，自己能与多年来情投意合的导演们随心所欲地编写一点东西，说起来也多亏他长年来劳苦功高，个人的地位比较稳固。

然而反过来一想，这也意味着自己已不是现役的剧作家了，成了电影制片厂的不起作用的多余的人。

虽然他熟知电影界人气变化之剧烈，然而事情一旦落到自己头上，仍然令人狼狈不堪，一如女明星到了被派去演老太婆的年龄。近来，佐山觉得颇不自在。

佐山在犹豫不决，究竟是重新当电影的剧作家呢，还是辞去制片厂的工作，去干老本行，从事戏剧创作？

一家大剧院委托佐山为明年二月的演出写个剧本，他已经多年没写戏剧剧本了，或许这正是个可以改变职业的机会，他很想在温泉旅馆里静静地构思一下这个戏。

可是，让佐山为难的是，脑海中时隐时现浮出的尽是以往自己创作的电影场面，而今早已不知去向的几位女饰演者的形象，就像往日的幽灵一样。

他试着把那些场面连成戏剧，却还是电影剧情的老一套，完全不见自己的特色，因而更加悔恨自己蹉跎了青春的年华。

不过，当佐山摈弃了电影剧作家的思绪之后，又觉得无聊得空虚，简直不堪独自静坐。“还是得把老婆叫来吧。”他笑着，慢慢地刮去胡子。

时枝比佐山小十一岁，安分守己地待在这个小家庭中，把所有的希望都寄托在孩子身上，大概忘记了自己的年轻。佐山认为那倒是天经地义的，而自己呢，因为职业的需要，将来或许在某些方面还必须与下一代拼年龄，兴许迟早会受到老天的惩罚。

佐山想起了雪子的母亲民子，虽然才三十二三岁，浑身上下的关节却像散了架似的疲惫不堪。

佐山是时隔十多年后才遇到自己恋人的，当时，民子诚心实意地对他说：“听说您果然功成名就了，我也为您高兴啊！”

她开诚布公地冲佐山这么讲，所以他也无法加以否定。

民子还说：“我常去欣赏您的大作，还带着孩子一起去呢。”

佐山很意外，“大作”一词真让他羞得脸红。那些电影是他根据小说家的原作改编，又经导演发挥演绎而成，有多少可属于编剧的“大作”呢？改编时加上许多方方面面的要求，并非他个人的自由。民子把那说成是佐山一人的“大作”，听上去反而有点讥讽的意味。

不过那场合并不适合为电影剧作家鸣不平，佐山便改变话题，向民子打听一些孩子的情况，那孩子其实就是如今要出嫁的雪子。

……那还是六年前的事情，妻子时枝带孩子买东西回来，见一个女人紧贴在房门上，窥视家中的情况。

时枝想绕到厨房门去，可那女人一见时枝，就像偷腥的猫似的逃跑了，还没跑到大马路上，就倒在一家人家的板壁上，并就势蹲在那儿。

时枝相当不悦地告诉佐山。

“你呀，能不能出去瞧瞧？”

佐山觉得或许是电影制片厂的女人，跑出去一看，连个人影都不见。他问时枝那女人的模样。

“穿着并不奇特，像个病人。”

“病人？”

正说着，大门口传来女人的声音。

时枝看了佐山一眼，就出去照应。一会儿，她跑进来，变了颜色。

“嗨，那人是民子呀！”

“民子？”

佐山立刻站起身，时枝猛然出击：

“你，要去见她吗？”

时枝气势汹汹的模样让佐山有所退缩。

“嗯？怎么啦……”

“没出息！”时枝轻蔑地笑笑，佐山正要去门口时，时枝大声招呼两个孩子，从后门出去了。

佐山大惊，虽然觉得对不住时枝，但还是很生气。

一个背弃他的恋人突然上门来访，自己不计前嫌地出去相迎，说来还真是没有志气，这对现在的妻子来说，不啻是难以忍受的侮辱吧。

佐山寻思，她来干什么呢？可能是来要钱的吧，因而对以往恋人的旧情并未立刻燃起。

时枝刚才的吵嚷声民子在大门口大概已经听到，佐山觉得有失体统，遂决定替妻子去撑撑门面。

他做出一副若无其事的样子，把民子领进了书房。

“夫人一定会认为我是个厚脸皮的女人吧。”

民子一再重复这句话。

“要不是夫人在门口看到我，今天我也就回去了。近来，我到府上门前来过两三次，可总觉得太没脸见人，就没好意思进门。”

民子自卑得可怜。她怀念佐山，并非嘴上说说，其态度可以看出她是真心地思念着他。

佐山甚至觉得是自己做了对不起民子的事，而且还那么满不在乎。

他问民子生活得怎样，民子详细地叙说。第一个丈夫患了结核病，他们一起回了丈夫的农村老家，她照料了丈夫四年，直到他撒手人寰。五年前她带着唯一的女儿与现在的丈夫根岸再婚。她说话的语调像是在向十分了解自己的亲人倾诉。

“活得很苦啊，这是老天对我的惩罚……那时，是我自己错失了自己的幸福，我认定这是我命该如此。痛苦的时候，想起佐山先生，更觉得悲伤。我真是太任性了。”

她的意思是说，背弃了佐山才受到了老天的惩罚，若是与佐山结婚，一定会很幸福的。

根岸是从朝鲜流浪回国的矿山工程师，回到日本后，还是改不掉投机的习性，他幸运地在矿山找到了一份工作，由于很快暴露出野心而被解雇。民子常常不知道他住在何处，去各处矿山追寻丈夫，偶尔在东京安定下来，他就让民子去酒馆之类的地方打工挣钱，积攒一些零用钱后，又会离家外出。

长年的打拼劳累使民子的身体垮了，心脏病、肾脏病都很严重，以至于医生看了都感到惊讶，她居然还能起床工作！刚才被时枝发现后一跑，眼前发黑，晕晕乎乎地摔倒了。她经常会这样摔倒，心想，自己或许会就这样死去的。

民子看上去没有血色，手足青黑，瘦骨嶙峋，头发稀疏。

她说，这次下决心要与根岸离婚，并提出要向佐山借款五百日元，开个咖啡馆，用以维系母女俩的生活。

五百日元哪能开个像样的店？在如同流行病似的蔓延的同类店家之中，这点钱能开成一家店吗？再说，身体如此糟糕的民子恐怕也受不了吧。

不过，民子却说：“有人在附近开了家不错的咖啡馆，因为要回老家，说如果我愿意经营下去，就可以特别便宜地转让给我。因是整体出让，所以明天就能开张营业。女儿也恨现在的父亲，期待着开成这家店。”

“女儿多大了？”

“十三岁了。学校马上会放假，可以在店里帮帮我。”

接着，民子兴奋地谈起咖啡馆的样子和地点来。

佐山拒绝了，他说手头没有五百现金，设法筹措一下或许可以，但手边没有这笔闲钱。

在民子心目中佐山是位“成功人士”，似乎难以相信他的话。然而，一开口就碰壁，使她领悟到自己不该来向佐山借钱。她说了声“真难为情”，一下子崩溃了，哭了起来，一副精疲力竭的模样。

他们俩没有发生过肉体关系，她更没有硬求佐山借钱的理由。

佐山又问她孩子的情况，心想民子的女儿身上至少会留有自己昔日恋人的面影。

“她像你吗？”

“不怎么像，大眼睛，人们都说她可爱，要是把她带来就好了。”

“是啊。”

“看了佐山先生改编的电影，我也时常向她念叨您的事，所以，雪子也很了解您呢。”

佐山的表情有点苦涩。

时枝还没回家，她把孩子带出去了，佐山不用担心。

民子哭泣着讲述眼下的痛苦和对往日的怀念，冷不防万分感慨地说道：

“佐山先生，您可真厚道啊……”

佐山对她说的真意有些不明所以，他揣摩着：民子或许当真打算与根岸离了，在佐山的照顾下，开个咖啡馆；也有可能她只是怀念佐山的人品才来找他的。

民子约莫待了两个小时。

时枝是在天色擦黑时回家的。看到佐山的模样，也就消除了不安，不再纠缠于民子来访的事。结果还是佐山告诉时枝，民子是来借钱的，还给她说了些民子的经历。

“不过，居然还好意思前来借钱！您打算借给她吗？”

“没法子，没钱哪！……刚才你上哪儿去了？

“带孩子上公园玩去了。”

三

在要让雪子新婚旅行的栖身处——热海的温泉旅馆，佐山又想起了雪子母亲的话：

“佐山先生，您可真厚道啊……”

这话听上去像是在讥讽他，又像是在诉说自己的男人运不佳。

帮着办理民子的葬礼和送雪子出嫁，无疑全都因为佐山的厚道以及时枝善解人意的慈悲为怀。

民子来访后大约过了两个月，一天傍晚，佐山从制片厂回到家，“今天民子又来过了。”时枝对他说，“还带着孩子……”

“怎么，还带着孩子？……那孩子怎么样？”

“孩子蛮不错，挺可爱的，比她妈妈漂亮，如果是您的孩子那该多有意思呀。”

时枝如此平静地揶揄，使佐山稍感意外。

“那她们进屋了吗？”

“是啊，一直聊到刚才才回去，天南地北地谈了许多，听了才知道她也真够可怜的，遭遇怎么也说不完。”

时枝看来十分同情民子，丝毫不反感，而且对佐山同情民子也感到满意。

民子已经不再具备威胁佐山家庭和平的力量，不过，时枝和民子两人能像同事那样敞开心扉地交谈，这才是佐山想象不到的飞跃。

此刻时枝摆出比佐山更了解民子身世的神情说：

“她说已经跟那个叫根岸的矿山工程师离婚了。”

“离了？开了咖啡馆么？”

“好像没有。”

时枝说，她是个有责任心的人，连独生女的将来都打算好了。

打那以后，民子再没来过。半年之后，佐山在银座偶然遇见了民子。

民子仍然亲近地跟着佐山一路走去。

佐山告诉民子时枝夸奖她孩子时，她一下子露出明朗的微笑，说是一定想请佐山见见雪子，说着就自己找起出租汽车来。

佐山不愿马上就去，仿佛自己是被硬拖去她家似的。

民子说：“就她一人在家，完全不必介意。”

在麻布十号陋巷的家中，身穿水手服的雪子正在一张蹩脚的桌上学习，她应该是女子学校的学生吧。

民子叫雪子向佐山问好，她站起来，颇具少女风姿地向佐山鞠了一躬，然后低头不语。即便母亲不介绍，雪子也知道他就是佐山。

“行了，你用功吧。”雪子笑嘻嘻地点点头，可依然坐在佐山面前。

民子家没什么家具，收拾得整整齐齐的，反而显得有点寒碜。佐山思忖：不知是否有哪个男人照料，母女俩才搬进这陋巷来居住。民子的身体看来好些了。

“那时我真是年幼无知，什么也不懂。那时的一切仿佛都在梦中，可现在我渐渐明白过来，总在心里表示歉意。没想到您会这样来看望我们。”

民子又谈起了过去的事。

她女儿就在身旁，这令佐山有点尴尬。

民子看了雪子一眼接着说：

“没事儿，这孩子都知道。她还问我，您受到佐山先生夫人热情关照合适吗？”

真不知雪子是怎么听她母亲讲述初恋的经历的。

“雪子是个无依无靠的孩子，万一我有个三长两短，能拜托您照料她吗？所以我尽可能给她介绍您的情况。”

民子的话使人感到纳闷。

佐山接受了民子对他的真诚的信赖，但是他又觉得她或许是打算要自己帮助开咖啡馆，这种猜忌使他感到民子的话里有要他爱雪子的意味。民子二度结婚，可能还另有男人，兴许曾当过小老婆，这种女人，为了给将来生活无着女儿找一条活路，脑袋里大概会冒出这等生存方法来的。

总而言之，佐山已是人到中年的男子，并不是单纯的耳根子软的小伙子。

佐山与多位女子的交往经历告诉他，没有肌肤之亲的男女关系不过是一种儿戏。

诚然，民子是这些女人中的第一个。

如民子自己所说，她和佐山订婚之时还只是个孩子，对爱情心醉神迷，却又简单草率地嫁给了另一个男人，年轻的佐山怎么也想不明白个中原委，最终，佐山认定那是因为自己没有占有民子的肉体之故。这件事虽然平常，但对当时的佐山而言，确实是猛烈的打击。

佐山视为美玉般珍爱的东西竟被别的男人用泥脚踩碎了，他只能眼睁睁地看着这姑娘的肉体白白地任人掠走。

民子跟那男人走后，佐山还去租住屋找过她，可民子端着架子说：

“我已经这副模样了，什么都完了！”

“你不是好好的吗？什么变化也没有啊。”

佐山确实是这样想的，然而，民子却一下子站起身来，嘁里喀嚓地打扫起房间来，就像在赶佐山出门。

之后佐山深感后悔，当时应该用暴力把她带回家才对。这并不是谁更爱民子、谁能使她幸福的问题，而是粗暴者必然会得胜！

民子背叛了佐山，可他并不责怪民子，倒认为那是自己的错误。佐山在学校与同学创办戏剧研究会，举办学生戏剧演出时，民子替代女演员来帮忙演出。就在那段时间里，佐山提出愿意与她结婚，民子轻易地答应了。佐山一毕业就进了电影制片厂，比起戏剧来，他对新兴艺术电影怀着更大的理想和热情，且很想让它在自己的恋人民子身上开花结果。所以他让民子也进了电影制片厂。当时他是这样想的，倘若马上结婚，民子难得的演艺就无法长进，再说，自己年纪轻轻，实在不好意思满不在乎地托人为自己订婚的女人谋利，至少想等她演好了角色再考虑结婚，所以一直维持着快乐的梦幻般的婚约。没想到有个不值一文的电影新闻记者老是跑来制片厂，花言巧语地忽悠民子，说是要为她做宣传，把她拐跑了。

听说之后民子生下了雪子，又回到乡下，在那男人死亡之前一直看护他。

刚失去民子的时候，在电车上像民子那样十七八岁的姑娘身穿的和服触碰到佐山的手时，他就难受得想哭。

不在家的时候，佐山总觉得民子会回到他的住处，外出时也心神不宁。

就这样，十多年后的今天，民子又出现在佐山面前。然而，他已经完全没有兴趣再去玩味这个被过度使用过的沉渣似的女人。

如若民子说的句句都是实话，她的确始终没忘记佐山，由衷感到愧疚，怀念旧情，还向雪子诉说与他交往的往事，那么，背叛了爱情的又是谁呢？

民子失魂落魄，而佐山却如民子所说是“功成名就”，所以才会发生这一切。每逢民子悲伤、痛苦之时，她肯定就会想到追忆佐山的愿景：如果嫁给佐山，那该有多么幸福啊！她就是这样来慰藉自己不幸的。

尽管如此，民子也不是没有自己打算的。不过，迄今为止，始终保持这份爱意的是民子，而佐山呢，对自己这份尚不成熟的爱始终没有破灭总是感到不可思议。

早已忘却的曾经播撒的爱情种子，迂回曲折地结出了果实。佐山又该如何去收获这干瘪酸涩的果实呢？

佐山想明白了，比这更重要的是：打乱民子生涯，使其备尝不幸的首先是自己。是自己爱过民子，又被她背弃，他悲痛过，又忘记了那一切，且没有受到任何的损害。

……佐山匆匆离开了民子的家。

民子带着雪子出来送行。那是一条坡道，可雪子不跟他俩走在一起，独自走在另一侧的水沟边上。

“雪子！”民子招呼她，可雪子还是靠着水沟边行走。

四

——母民子辞世雪子

次年四月，佐山接到送来的电报。

“雪子……发报人是雪子啊！那孩子孤独一人，会碰到各种困难的，你不去帮帮他吗？”时枝说。

不知什么缘故，佐山总觉得“雪子”这个词的发音，悲戚地沁入自己的心田。

雪子在麻布的家，佐山只去过一次，此后，母女俩就音讯全无。雪子究竟是怀着一种什么样的心情，以自己之名来通报母亲去世的消息的呢？

“不知道哪天举行葬礼，在此之前，总得备些钱带去吧。”

“这种事情……您何必连这类事都要……”时枝刚露出“何必尽这份人情呢”的神情，马上又笑着掩饰，“没法子，就算我们尽最后的义务吧。真是不可思议的灾难。”随后就帮佐山备好了丧服。

民子家里人多混杂，看上去大多是邻居。不过谁也不知道佐山是何人。

“小雪，小雪！”佐山呼唤雪子。

雪子跑出来，她精神饱满，不像刚失去母亲。

她看到佐山时，显得十分吃惊，转而露出极其纯真的快活神情，而且，脸上稍稍泛起了红晕。

佐山心中涌起一股暖流，心想，还是来对了。

佐山默默地来到灵台前，雪子也随后跟来。

佐山点燃了香。

雪子坐在民子遗体的头部一侧，微微伏下身子叫道：“妈妈！”

她取下盖在民子脸上的白布。

比起民子的去世，雪子告知母亲佐山的来临，并让佐山观看民子的遗容，这更让佐山动心。

佐山望着民子那沉静蜡白的脸说：“多么安详啊！”

雪子点点头。

“我妈妈……”

“妈妈怎么了？”

“妈妈说要向佐山先生问好。”

雪子忽然双手捂着脸饮泣起来。

“所以你才给我发了电报？”

“是的。”

“谢谢你，及时地通知了我。”佐山把手搭在雪子的肩上说，“小雪，别哭了。你一哭，大家都难受啊。”

雪子听话地擦去眼泪，连连点头。

佐山用白布盖住民子的脸。

已经到了掌灯时分。

佐山不能不回家，老这样待下去也显得尴尬，他打算退到角落里，先看看情形再说。雪子却忙活着，把坐垫、茶水、烟灰缸不停地送到他跟前。雪子尽力的照应令人怜爱，但是她只照顾佐山一人，眼里似乎没有其他来客。佐山思忖：雪子虽说只是位少女，可她那对自己过分明显的热情，别人又会怎么看待呢？佐山将雪子叫到外面。

然而，雪子对自己的照应完全是在悲伤心境笼罩下无意识地进行的，所以难以对她说出不要只照料我一个人的话。

“来帮忙料理丧事的是哪些人……”

“我叫他们过来吧？”

“不必。——通宵守夜的夜宵准备好了吗？”

“不清楚。”

“要事先订好才行，这附近有寿司店吗？”

“有的。”

“一起去看看吧。”

顺着黑暗的坡道往下走着走着，佐山不由悲从中来。

雪子还是沿着沟边走。

“走中间吧。”

听佐山这么一说，雪子吃惊地紧靠过来。

“哟，樱花开了。”

“樱花？”

“是的，在那儿呢。”

雪子手指一户大院子的墙头。

佐山掏出钱来，可雪子就像见到什么可怕的东西一样不肯接受。

“雪子身边一点钱也没有可不行，或许有时好派用场。”

佐山往她怀里塞钱时，雪子身子一闪，钞票全散落在地上。

佐山要去捡钱，雪子清晰地说：“我来捡。”她刚刚蹲下，就放声大哭起来。

捡起钱后，仍然边走边哭。

“回家后，就不要再哭了。”

两人一回来，邻居们就来找他商量有关丧事的事，似乎他们不在时，邻居们已说定要重视佐山或依靠佐山。

民子的老父亲从乡下出来参加葬礼，他是个贫苦的农民，不谙世事，一味地退缩谦让。

邻居们都劝佐山先去休息，仿佛他在场旁人就会感到不自在似的。

“小雪近来太累了，今天晚上去休息吧。今夜不睡好，明天会顶不住的。快去吧，隔壁二楼已铺好了睡铺，领你叔叔去吧！”

雪子站在佐山身旁等待，于是他就朝隔壁的二楼走去。

六铺席大小的房间里设了三个铺位，一端的铺位上已躺着一个女人，佐山就睡在壁龛边的铺位上。

雪子在中间的铺位上总不睡，不时发出声响。

“睡不着吗？”

佐山问道，谁知雪子又抽泣起来。

佐山从远处伸出手去搂住雪子的脖子，雪子抓住佐山的手，贴在脸上。她的热泪濡湿了佐山的手掌，他怀疑这是民子在传达自己悲伤的爱情。

“你睡不着吗？”

“嗯。”

“太哀伤了吧。”

雪子摇着头说：“这被子有股难闻的气味，不舒服。”

“嗯？”

佐山凑过去一闻，原来是男人强烈的体臭味。

佐山突然感到雪子已经是个女人了。

“我跟你换换吧，可能这是哪个男人用的被子。”

次日早晨，雪子在火葬场用佐山给的钱支付了费用。

五

在自己成婚这天，雪子还是准备好了早饭。

“小雪，别再做了。”

时枝说完，又去呵斥孩子。佐山被时枝的声音搅醒，起身一看，见雪子正在给两个上学的孩子装饭盒。

时枝还在抱怨女佣。

“行了，婶婶，这是最后一次了，您就让我干吧！”说罢，把饭盒交给孩子们，“给！”雪子一手牵着一个孩子走出去。

时枝目送着她们，笑着对佐山说，“还记得吗？‘这是最后的义务’。”

“是啊，让雪子出嫁，正是我们尽的最后的义务啊。”

“这可不好说……说不准今后还有许多事呢。”

收养雪子，主要是出于时枝的同情，这点甚至超过了佐山。

民子的葬礼完后不久，佐山给雪子去过一信。可是那封信被退了回来，签条上写着“收信人迁居，地址不明”。

有一天，时枝去百货商店，碰到在餐厅当服务员的雪子，回家后对佐山说："她对我那股亲热劲儿可不同寻常呀。太可怜了，她已经从女子学校辍学了，说是住在百货公司的宿舍里……要是你在场准会说就住到咱家来吧！"

于是，雪子就成了佐山家的人。

虽然夫妻俩让雪子到女子学校复学，不过，雪子却也帮家里实实在在地干了许多活，照料孩子、下厨做饭，什么都干。时枝对雪子极其满意，早就忘记了她是丈夫从前恋人的女儿。

考虑到雪子将来的婚姻，为她的今后着想，时枝让雪子入了佐山家的户籍，将她收为养女。

一个与电影制片厂有关系、并以说媒为副业的西服裁缝见到雪子，就来提亲，时枝听后颇感兴趣。

"小雪这孩子忠厚老实，可有时也会发呆，现在该考虑让她嫁人了。我觉得我们也不能把别人的闺女老圈在家里呀。"

对象叫若杉，三年前大学毕业的银行职员，家累不重，对雪子而言确是一桩相当不错的亲事。

雪子回应说，一切听从佐山夫妇安排。

婚礼举办的那天早晨，在为庆贺雪子出嫁的家宴上，雪子寒暄了几句，时枝接着说：

"小雪，如果心里纠结得难受时，就回家里来。"

雪子忽然呜呜哭泣起来，双手颤抖地跑出房间。

"哪有像你说这等傻话的！"

"可要是自己的亲生女儿，我就不说了。"时枝顶撞佐山，"对雪子而言，不说那句话，她就太可怜了！"

“话是那么说，可……”

“行啦，不管谁家的新娘，出嫁时总会哭上一阵的……我觉得她这一哭，就真正成了咱家的闺女。”

在饭田桥大神宫的婚礼现场，新郎若杉一方并排坐着十四位亲戚，而新娘雪子这边只有佐山夫妇两人就坐，使宽阔稍暗的会场显得冷清。

婚宴上除了佐山的两对朋友夫妇外，还邀请了雪子女校就读期间的十位同学，这些身穿长袖和服盛装的少女给婚礼增添了不少色彩。

佐山在新娘双亲座位上就坐。

“多漂亮的新娘啊！端庄得体……”

“就是，换装时，我还让她垫高了胸脯。”

“垫胸？……用啥垫的？”

“你给我闭嘴吧。”时枝责备道。

不过，佐山苦闷地想起民子的往事，实在难以保持沉默。他扭头望望窗边，心想，民子的幽灵会不会来探看女儿的新娘模样呢？

“真叫人惊讶，婚宴的佳肴雪子全吃了！”

“是啊，我关照她要吃的。如今的新娘大都会吃的，过分挑食不吃反而不好。”

“是吗？……她好像有点不如意啊。”佐山喃喃自语。

他们没有送新人去新婚旅行，时枝说要到车站，佐山制止说：“不该由新娘父母送。”

婚宴后回家的车中，佐山夫妇显得异常寂寞。

佐山低头沉默了一阵，心不在焉地说：

“是个颇有气派的正宗婚礼啊！”

“是啊，这样，我们对民子的情分也算尽到了吧……”

“别说傻话！”

“我说，你大概很喜欢小雪吧？”

“喜欢。”佐山平静地回答。

“其实你不必顾忌我，着急把她嫁出去……让她在家再待上三四年就好啦，我们就不会这么寂寞。”时枝也平静作答。

“说什么呀，‘把她嫁出去’，太残酷了！”

“真可怜……要是婚前让他们再交往一段时间，对若杉多多熟悉一番，我们也就不会有现在的感觉了吧，可是……”

“也许是吧。”

“我们的孩子，我可不会着急让她出嫁，让她先谈恋爱，肯定先谈恋爱！”

佐山的大孩子也是闺女。

第三天，新婚夫妇旅行回来，要到媒人家去登门道谢。佐山到若杉和雪子的新居去，竟意外地看到根岸坐在那里正对雪子怒吼。

根岸还抱怨佐山，事先不打招呼就让雪子出嫁简直是岂有此理！根岸曾是雪子的养父，可雪子没入他的户籍，再说后来民子离了婚，所以他这是在无理取闹。

根岸也挤进汽车，说是要一起去若杉父母和媒人家。佐山想打发他回家，在一栋大楼前停下车，在地下室交涉时，雪子下了车。原以为她一会儿就会回来，可怎么等都不见她返回。

佐山认为雪子会回娘家躲避，遂让若杉先回去了。可是，那晚雪子并未回到佐山家。

雪子会不会因为害怕新家庭遭到根岸威胁而失踪，抑或自杀？

佐山给雪子最要好的女校同学打了电话。

“是的，结婚前她给我写了封长信，不过有点儿……”

“有点儿……信里写了些什么？”

“有点儿……可以对您说吗？”

“说吧！”

“我不是很清楚，不过，雪子是否另有所爱啊？”

“咦？另有所爱？是情人吗？”

“我……说不清，可她在信中写了诸如此类的话：‘妈妈说过，初恋的情感是不会因结婚或其他经历遗忘的。’‘我是奉命嫁人的。’”

“是吗？”

佐山一下闭上眼睛，手里依然握着电话听筒。

次日，因脱不开身的工作，佐山到电影制片厂上班，看到雪子一大早就来到厂里，无精打采地等着自己。

佐山马上叫了辆车让雪子坐上去。

说自己愚蠢也罢、疏忽也罢，反正眼下也无法谈了。于是佐山说：“根岸这种人也没有好怕的。”

“是的，那种人算不了什么。”

“除此之外你还有什么不好受的委屈吗？时枝说过，不舒心的话，就回家来……”

雪子凝视着车窗前方，“那时，我觉得您夫人是个最幸福的人啊！”

这既是雪子唯一一次对爱的表白，也是唯一一次对佐山的抗议。

这时，佐山自己也闹不清是否该用车把雪子送回若杉家。

佐山心中一个劲地闪现着从民子延续到雪子的始终如一的爱的电光。

女人的梦

一

久原健一三十六岁了，突然结了婚。

他本人并不标榜独身主义，正儿八经地通过介绍人谈成这桩婚事。因此根本谈不上什么“突然”，但是，在他的朋友当中，至少这是件出乎意料之外的事，也有可能是因为他的对象太好的缘故。

其中居然有的朋友后悔自己结婚太早了：“这家伙真是老谋深算哇”。大伙儿不由得对久原刮目相看起来，并互相传说，他可以用妻子的陪嫁钱开业了。大家认为，同样开业，久原是一开始就会拥有一家大医院的角色。还有人甚至说：那家伙是想当母校的教授呢！总之，这一婚姻使久原一下子变得引人注目起来，真是奇妙。

久原从齿科医大毕业后当上了综合医科大学的助教，一边镶金牙一边去临床学习，当然也为了取得学位。不过，他较早地通过了论文之后一直留在研究室，忘记了牙科的临床和开业，外人看上去他好像要变成一位病理学者一般。

与他总是不结婚联系在一起，一般人的看法是他变得古怪了。牙科的一些老朋友觉得跟他难以交往，老装出一副学者的派头，开始多少对他敬而远之。

通过这一次的结婚，久原莫名其妙地变得受欢迎起来，这点连他自己也感到意外。老朋友来造访，那说话的口气也好像不同以往，携妻子治子外出漫步时，回头张望者的眼神就像久原是一位相当了不起的人物一样。

久原思忖：真不知结婚的这种效果今后会有形无形地达到何种程度，这大概不光是治子的美貌，更重要的是她生来就有的福分的缘故吧！我可不要以自己的非德去损害她的德性。

尽管如此，像治子这样的小姐竟然会在这之前被挑剩，着实令久原的朋友们感到不可思议。她看上去只有二十三四岁，可实际上已经二十七了。

“当今这世上确有没被发现的宝藏啊！真想去觅觅宝哪。”

对于这些因羡慕而夹带着讥讽的话，久原听了付之一笑，看上去一副坐等福来的神气。至于治子延误婚期的原因，他谁也没有告诉。

不过，这时候久原不能不想到介绍人的奇怪的讲法。

“以后在不知情的情况下，小姐偶尔也被迫去相过几次亲，对方没有一个不热切期待她的。”

但是，治子不结婚的原因根深蒂固。当她的父母明白暗算式的相亲不起作用的时候，终于放弃了，在三四年中，他们一直避免向女儿谈及相亲的事。

然而，介绍人说，你久原就不同了。

他们的安排是装作在剧院偶然相遇的样子，由母亲向治子介绍久原，说他是自己在大学医院承蒙照顾过的医生，这与治子以前几次相亲的情况相同，可是治子并不像四五年前那样全然不予接受。

父母亲高兴得好似捱到了黎明。

不过，治子说，她想跟久原说说那件事。

也就是说，有一位青年因治子而失恋去世了。

“真是孩子们的自杀游戏，而且那不过是场单相思。”介绍人尽量把它说成一个轻松的笑话。

不管怎么说，就因为这种事，像治子这样完美的姑娘几乎白白浪费了整个青春，这使久原吃惊。

当然，久原的回答也是大路话：“要是那么纯情的青年，岂不更好。”——同样回答的相亲对象以前也有几位吧。

“就是。感谢您能这么理解……”说着，介绍人低下了头。

“这事要是在从前哪，小姐明明没错，大概也要进尼姑庵的。”

总之，久原想直接从治子的嘴里打听一下那位青年的事，他并不打算要干什么，他心里早已同意了这门亲事，而且到了他这个年龄，什么也不问就结婚才算有男子汉的气概，不过让那位出色的小姐坦白过去的事，倒也是一种快乐。

二

治子家中，孩子结婚之前允许自由交际，已经是二十七岁的姑娘，如果能自己主动找到结婚对象，毋宁说是件可喜的好事。

再说，倘若错过与久原的相亲，治子真的将变成老姑娘，这种不安使父母变得小心翼翼。

可是久原一开始就被治子身上所具有的气质折服，最终错过了打听那位青年情况的机会。

“治子延误婚期的原因，介绍人大体上给我说了……”

久原提起此事，治子点了点头。

她好像对提起这档事的时机等待了很久，脸神很认真，眼睑一下子红了。

接着，她的表情看上去突然又变得幼稚起来，久原的话便卡住了。

“不过，你我之间的事你是否觉得可以谈下去？”

他说了一句不高明的话。

“我也不知道。也许因为你是医生的缘故吧。”

“因为是医生？”

对于治子孩子气的回答，久原大感泄气，甚至觉得她这是在作弄人。

“有道理，医生大概是不错。从医生的角度看，治子过去害怕结婚只是一种精神的病态，它很轻，容易治好。”

久原脱口而出。

可治子并不把久原的话当作讽刺，仿佛沉浸在自己的思绪中。

久原感到有点可怕，他怀疑，弄得不好，治子会不会有略带偏执和白痴的一面。

不过，久原也清楚，如果治子因此而黄掉迄今为止的多次相亲，那么她的心中一定留有相当深的伤痕。

必须更坦诚地安慰治子，就像疙瘩自然解开那样去寻找让她说出那位青年情况的契机。

久原反复表示，自己对治子的过去毫不介意，想等到将它拭净之后再结婚。若是沉重的包袱，两个人分担就轻了，堵塞在心中的病原菌，将它吐掉、泻掉或洗涤干净就行。

“是的。”治子点头。

“我是想和盘托出的，想请您允许以后再谈。”

“并不是以后重新考虑的意思，我只想治子小姐说出后能痛快起来……”

“哎，不过……”

治子又用她那认真的目光锐利地打量久原，紧接着，她红着脸低下头说：

“我很任性，不过还是请久原先生先讲。”

“先讲？我？”

治子点点头，她的肩部在微微地颤抖。

久原好像突然被绊了一下似的发了慌。

“我说什么呀？”

“咦！”

治子看上去更惊奇。

“我想，必须要求得到原谅的大概只有我，不过，要是您什么也不肯说的话，我会感到不安的。”

“我可没有什么要说的。”

虽然久原这么说，治子却仍是一副不相信的样子。

不仅仅如此，这句话连久原自己听来也很无力，真是奇妙。

“真的没有。”

越这么说越显得奇怪。

“久原先生如此逃避，那么我也不便讲出来了，真叫人为难。”

治子仿佛一下子关闭了她的心扉。

“我觉得好像只有自己一人遇到悲哀一样。”

这一天，她没能说出原委便告辞了。

细想起来，治子的抗议是有道理的。

一位没有什么大缺点的男士到三十六岁还是独身，期间不可能没有一两次与女性的交往。治子只是按她的常识在判断，而且，兴许也发挥了一点超过常识的想象。治子大概是这样想的，正因为久原知道有位青年为治子自杀过，现在又要和治子结婚，那么他也会有到三十六岁尚不成婚的深深的创痛，真可谓彼此彼此。

治子是带着一种同病相怜、互慰的心情打算完婚的吧。

不管怎么说，净想探听治子一方的告白显然是一厢情愿的，不公平的。

因此，当治子要让男方先讲的时候，让人有攻其不备的感觉。

久原并非少年一般的纯洁之身。但是，倘若结婚，迄今为止，交往的女人没有一位会使他感到恋恋不舍或心中有愧。

久原并不是一位天生讨厌女性的人，也不是长期害怕女性，或许只能说这是一种不可思议和缺少桃花运。

不过，到了理所当然应该婚娶的年龄总不谈对象，不知不觉中这就成了久原的性格特点，姑娘们也就避开他，他成为只属于研究室的人，恐怕就是这个原因吧。

正因为他是这么个情况，所以与治子的结婚就使朋友们大感意外了。

久原自己倒不觉得怎么寂寞，如今看来，不能说没桃花运，最后竟然福星高照，娶到治子。可是治子的突然袭击，使久原也觉得应该重新回首过去。

久原觉得，值得向治子坦白的东西一点儿也没有，这是此刻自己高兴的、自豪的，因而自己没有把这种幸福感直率地告诉治子，若不算不道德那该算什么呢？还是不够诚实吧。

也就是说，在自己平时的生活中是否还有不够真诚的地方？

如此一番反省，便觉得治子不相信自己倒是理所当然的。他动心了，感到自己有点好笑。

倘若自己坦白之前治子不说的话，那么就煞有介事地给她说一段虚构的恋爱故事，不知行不行。

三

托着治子的福，久原从竹马之交到医院里的女患者、护士，对所有他认识的女性面影左思右想、逐一搜索，沉溺在恋爱的空想之中。

这可真是无聊的游戏。再说把结亲的对象治子放在一旁，这种空想就显得更加呆板、毫无真实感。

他到底还是无法以一个庸俗的杜撰故事套出治子的自白。

不过，一打听为治子自杀身亡的青年的情况，倒觉得简单得太不尽兴。

那位青年与治子是相差两岁的堂兄妹，小时候两家靠得近，可是堂兄的父亲是地方长官，离开东京以后一直有书信来往。寒暑假中，他们在滑雪场和海水浴场一起过得很愉快。到了中学高年级，堂兄的来信变成了带有伤感的情书。考进东京的旧制高等学校后，堂兄住在治子家每天去上学，终于向治子求爱。治子明确地加以拒绝，说堂兄妹不能结婚。这一年的冬天，堂兄单独去滑雪，在暴风雪时硬外出滑雪，结果掉进了山沟。虽然马上获救，但当时受到打击成为病因，患上了肋膜病，进了疗养所。他是在疗养所自杀的，还留下了一封长长的致治子的遗书。其中一部分在报上发表了。要是死在医院里还好一些，因为他是在海边投海自杀的，医院为了开脱自己多少应负的责任，连遗书也拿给新闻记者看，公开了他失恋自杀的情节。

"那是治子多大岁数时的事啊？"

久原一时不知说什么才好，过了一阵才问。

这情节实在过于平凡，以致久原反而怀疑是编造的，他觉得与之相似的新闻报道曾经看到过好几次。

不过，不论什么恋爱，光听情节，终究都是平凡的。

让治子这样的小姐到这种年龄还不能结婚的原因，想必是异常的悲剧，这只能是久原的一种病态的妄想。

要打击一位姑娘的心，有平凡的情节就足够了。

与一时间猛烈燃烧的恋火不同，这对堂兄妹间重叠着多年来美好的回忆。

"治子小姐是爱着他的吧？"

久原问道。治子老实地点头承认：

"是啊，后来想起来……不过，那都是些孩提时代的事。"

"堂兄妹间发生不幸的事，家长之间也尴尬吧！"

久原佯装不知地说，治子却很认真地回答：

“叔叔和婶子都不会责怪我的。”

“因此，你就要去尽那多余的情义啰？”

“情义？是啊，这能算作情义吗？”

但是，治子真正的自白并未到此告终。

堂兄自杀是治子十九岁的时候，两年后又有过一次相亲，这一回治子也很主动，基本谈成以后，对方得知了堂兄自杀的事，亲事一下子就黄掉了。

这一次结亲的失败，比起堂兄之死对治子的打击更大。

那时的治子深深地感到，自己已成了一名无法结婚的姑娘，这大概是因为她曾经爱过一位名叫片桐的相亲对象的缘故吧。

或许治子最初爱上的并不是堂兄，而是片桐，现在想来，也许正因为当初爱过片桐，才会觉得也爱过堂兄的。

接下来的亲事又因为堂兄的死而破裂，治子一定感到害怕，不过，她也有等待片桐的心思。

片桐家正式回绝后不久，治子和片桐幽会过一次。片桐与治子约定要说服父母与她结婚。

治子并不打算对久原隐瞒片桐的事，只要久原问起，她或许就会和盘托出的。

但是，久原只问了堂兄的事，而且，他摆出一副对治子的自白已经听过的样子，因此，治子也就不再吱声了。

再说治子也难以提到片桐的事，就在与久原谈恋爱的时候，得知片桐早就和别的女人结婚了，治子感受到了屈辱。

四

与久原结婚后的第二天夜晚，治子在新婚旅行的旅馆里，梦见了死去的堂兄。

闹不清是在堂兄农村的老家呢，还是在治子的娘家，治子走进屋，面向桌子的堂兄蓦然间回过头来，治子也就此站定，缓过神来才发现她几乎是一丝不挂。治子因为自己的喊声而惊醒。

由于难以言表的羞涩，治子红了脸。

她感到特别寒冷，抓住了久原的袖子，一想到堂兄已经死去，便惊恐万分地喃喃自语："请原谅我……"

随后，她浑身颤抖地靠向丈夫。

这天夜里她觉得自己结了婚，终究是对不住堂兄的，以后再想，发现这个梦似乎极不贞洁。

然而，堂兄和片桐都从梦境中淡化，犹如远处的影子一样消失了。晚婚开出的花朵特别硕大，治子也把青春的积蓄毫不吝啬地给了久原。

"对于我们这样的在真正找到对象之前善于忍耐等待的人，老天是会眷顾的。"

久原这么一说，治子便将回忆过去的事彻底忘却了。

而且，治子所具备的品德充分地表现出来，这个新家庭看来是会福星高照的。

有一天，久原若无其事地说：

"你不觉得堂兄的那份遗书中有些怪怪的地方吗？"

“是呀，经你这么一说，也许是有怪的地方。”

现在，治子回答得很轻松。

“理应有的。其实，在你堂兄所住的那家疗养所里，有我一位朋友的朋友。我请他做了调查，据说你堂兄患了严重的神经衰弱症。那是一种一只脚已踩入神经病领域的症状，病名也知道，好像并不是因为治子失恋才自杀的。主要是因为对肺病悲观，加上神经出了毛病，就是这种气质，并不是治子的责任！”

“真的？这情况你是什么时候调查的？”

“早就调查了。”

“那你该早点告诉我才对，真坏！”

治子开心地仰视着丈夫。这时，掠过她脑中的想法是，倘若更早一些知道这一情况的话，或许就可以和片桐结婚了。

治子连自己也对这一念头感到吃惊，用悲哀的笑容掩饰过去。而久原却得意地说：

“可我们之所以能结婚，还多亏了堂兄的神经病呀！”

“是吧。”

“治子为此认真地烦恼过，太辛苦啦，对此我也很尊重……”

从这时候起，治子想再次竭力地、美好地回想起去世的堂兄，夏日的大海与冬季的雪山又展现在眼前。

然而，治子心中可称之为天赐之福的东西似乎也将失去。

有关黑痣的信

我昨夜做了一个那颗黑痣的有趣的梦。

只要一写黑痣二字，你就会明白，因为它，你已经不知呵斥了几百次，就是那颗黑痣。

说是长在右肩，不如说在后颈部的位置更为准确。这一颗黑痣，如同你揶揄的那样，“比黑豆还大，抚弄过度，即刻会发出芽来……”黑痣不仅够大，还十分罕见地肿胀着。

打小时候起，我一上床就习惯抚弄这颗黑痣，当我第一次被你看到这一习惯时，有多么难为情啊，我居然流着泪哭了起来，让你吓了一跳。

“你瞧，你瞧，小夜子又……你再摸，它会变得很大的！”妈妈这样指责我，不过那是我十四五岁之前的事了，后来它变成了我个人世界的习惯，这是一种被我忘却了的不自觉的习惯。

每每遭到你的质询，对于尚未成为你妻子、还是姑娘的我来说，有多不好意思啊，这一点男人是不会明白的。而且不光有羞涩，我还会觉得这事会变得十分严重，对结婚都感到恐惧。

这是一种个人秘密荡然无存的感觉，是一种连自己都不了解的种种隐私都会被你看破的恐惧，如此一来，我的立锥之地也会随之丧失。

当你倒头便香甜入睡后，寂寞的、放松的我一不留神就会把手伸向黑痣，有时竟会猛然一惊。

“无法安心地触摸黑痣……”我想在给妈妈的信中这样写，脸上却会发起烧来。

“什么呀，难道还用对黑痣如此介意嘛！”

你措辞强烈地对我说，我高兴地点点头，不过，至今我仍然希望你对我这寒碜的习惯施予更多的爱。

总不会有人盯着女人的后颈项看吧，所以我对黑痣倒不怎么介意。有一句新语说“残疾姑娘需紧闭房门”，而黑痣再大，总不至于到被当作残疾的地步吧。

可我又是怎么会养成抚弄黑痣的习惯的呢？

而这一习惯为什么又会那样伤害我的感情呢？

“你看你，瞧瞧……”你数百次地指责我，总是恶狠狠地说，“你的左手有必要伸出去吗？”

“左手？”我听了就会吃一惊。

真是的。那时，我才首次发现抚弄黑痣的总是左手。

“哟？”

“右肩上的黑痣用右手摸才对呀。”

“是嘛。”我老实地伸出右手去再摸黑痣，“真奇怪。”

“一点不奇怪！”

“不过，还是用左手比较自然。”

“用右手不更近吗？”

“近是近，可是反手啊。”

“反手？”

“是啊，也就是说手是从颈前绕还是往后伸的问题。”

说到这时候，我已经不能轻易服输了。嘴上那样回答时，却忽然意识到，用左手从身后绕到右肩可形成对你的防卫架势，变成一种自我保护的姿态。

是嘛，真是对不起。我被打动了，温和地说：“不过，要是用左手为什么就不行呢？”

“用左手也罢，右手也罢，都不是好习惯。”

“是的。”

“我不是多次对你说过，黑痣嘛，可到医生那儿去弄掉。”

“讨厌！多难为情啊。”

“听说去除黑痣很简单。”

“会有人去医院除黑痣吗？”

“多得是呢。”

“真的？我想，那准是脸部的黑痣，像我长的部位就没人去除了，会被医生笑话的吧。我觉得想去除掉的人一定是被老公说了什么。”

“你只要对医生说自己有抚摸黑痣的习惯不就得了。”

“行了……”我断了此念，“反正长在看不见的地方，有颗黑痣，你就多包涵吧！”

“有颗黑痣倒没啥，我是希望你别老去摸它。”

“我不想去摸的。”

“你就是犟，不管人家怎么说，就是不想改掉老习惯。”

“我想改的。为了不去摸它，我还特地穿硬领衬衫睡觉呢。”

“那又不会持久。”

“话又说回来，抚摸黑痣就那么要不得吗……”我有点不买账了。

“我也没说这有多么不好，只是觉得讨厌所以叫你改掉。”

“你又为什么那么讨厌呢？”

“说不上什么理由，只是没有必要，是坏习惯，所以还是改掉为好。”

“我没说不改啊。”

“你抚摸黑痣的时候，总是一副呆呆的奇妙神情，看上去怪可悲的。”

“可悲……？”

或许真是那样。我打心眼里表示认可。

“要是下次我再摸，请你抽我的手或脸。”

“嗯。说起来就这么个习惯，自己居然花上二三年还改不了，你不觉得可悲可叹么？”

我沉默了，细细品味你所说的“可悲可叹”的意味。

将手臂从胸前绕到后颈项去抚弄黑痣的样子，怎么说也是可怜、寂清的，连孤独这样上品的词都难用上，那是一种更为难看的、小家子气的模样，让人看上去有固守卑小自我、令人讨嫌的女人的感觉。诚如你所说，那就是一副呆呆的奇妙的神情。

恰似一个赫然张开的洞口，这习惯成了我始终无法真正地融入你的证明吧。少女时代的毛病，一不留神就去摸黑痣那忘情的时刻，我的真实的心情是否会写在脸上呢？

正因为你对我有不满，所以才会对女人的这一小小的坏习惯吹毛求疵吧。若是对我满意，你一定会笑容满面地视而不见的吧。

这真是太可怕了，当自己忽然想到是否会有喜欢我这习惯的男人时，不禁不寒而栗。

我至今还深信不疑，你发现我这一癖好的当初是出于你对我的爱，然而，随着这坏习惯的加剧，我们夫妻之间为这点区区小事，演变成一种根深蒂固的心术不正。夫妻之间原本不该在意对方的习惯，不过把握不当的话，夫妇间或许会落到南辕北辙的境地。我绝不会说凡事十分融洽的夫妇一定恩爱，而总是争执不断的夫妻则会互相憎恨，而事实上我想，倘若丈夫对我抚摸黑痣的习惯能够宽大容忍的话，那结局一定会不错的。

你开始对我拳打脚踢了，无意识间对黑痣的抚摸，你有必要那么做吗？你为什么非要对我那么厉害。我痛哭了，尽管这只是外观的，而你用颤抖声音说出“究竟怎样做才能让你改掉”时的心情，我十分理解，所以并不怨恨你。要是我把这事告诉别人，那人肯定会说你是个粗暴的丈夫。可本来不管多么无聊的小事，在充满焦虑、走投无路的夫妇之间就会诉诸暴力，所以我双手合掌拜托说：“反正改不了了，请把我的手绑起来吧。”随后把双手伸到你的胸前，摆出一副把自己的一切都献给你的姿态。

你的脸神有点泄气，腼腆地解下我的衣带，绑上了我的双手。

你看着我用被绑的双手理一下凌乱的头发，你的眼神令我感到喜悦，好像长年的坏习惯真的会就此消失了似的。

然而，那时候倘若有人过来稍稍触摸一下我的黑痣就难说了。

即便采取了那样的方法却仍然没能改掉，连你也感到厌弃了，认输了，于是打算随我去了。我在抚摸黑痣时，你视而不见，一句话也不说了。

这真是个奇妙的现象，又打又骂也改不掉的习惯竟然在不知不觉之中消失了，完全没有勉强去做，而是自然而然地改正了。

“近来我好像不再去抚摸黑痣了吧？”

我想起这档事，对你说。

“嗯。”你并不感兴趣。

我真想抱怨，既然你是如此的无所谓，那过去为何要那么严厉地呵斥我？而且反过来说，既然你那么容易放弃坚持的主张，那又为什么不早点儿说今后不再管你了呢？然而，你还是不来理睬我。

你的表情在告诉我：这癖好无害无益，随你怎么办，喜欢的话尽情摸上一整天都成。我很失望，又想意气用事地故意在你面前摸给你看，但是奇怪的是我的手怎么也不肯朝黑痣方向移动。

我变得孤寂而又窝心。

我又想不如背着你去抚摸黑痣，可又感到这是自欺欺人，可悲可叹，手还是不能移向黑痣。

我一直低着头，紧咬嘴唇。

我始终期待着你问：“你打算把黑痣怎么办？”然而，打那以后，黑痣这个词汇就再也没在我俩之间出现过。

或许，还有许多东西也随同黑痣一起离我们而去了吧。

为什么在你训斥我的期间，我改不掉这个坏习惯呢？我真是个没用的女人。

这次回老家，不经意地和母亲一起去浴室洗澡。母亲说：“小夜子的身子也变得难看了，真是岁月不饶人哪。”

我听了一惊，看着母亲。我的身子与过去相比并无变化，胖乎乎的，白皙得富有光泽。

“黑痣也变得不可爱了。”

我没有告诉母亲，为这颗黑痣自己有多烦心，却说：“黑痣嘛，据说医生轻而易举地就可把它弄掉的。”

“是吗？医生说的？除不净的噢！”母亲从容不迫地说，“我们家的人会大笑着说，小夜子即便出嫁，也还是会抚弄黑痣的吧。”

“是的。”

“我也这么认为。”

“坏习惯啊，那是从何时开始的？”

“这个嘛，黑痣究竟是什么时候长出来的呢？婴儿时好像并未发现。”

“我家的孩子都没有哇。”

“是吗？反正是有些岁数了才长出的，它不会变小，可长到这么大倒也特别。兴许你很小的时候就有了。”母亲望着我肩头笑道。

这是我想到，我的孩提时代，在娇嫩的肌肤上，黑痣还是可爱的小黑点，母亲和姐姐们恐怕不时会用手指点点戳戳的吧，或许就在那时候，自己也养成了抚摸它的习惯。

躺在床铺上，我一边抚弄黑痣，一边回想着自己的孩提和姑娘时代。

已经很久不曾抚摸这颗黑痣了，到底间隔几年了？

在我的娘家，你不在跟前时，我不必介意任何人，可以随心所欲地抚摸吧。

然而，此刻还是不行。

我的手指一碰到黑痣，冰凉的泪水就夺眶而出。

我打算独自追怀自己从前的往事，可一旦抚摸到这颗黑痣，浮现在脑海里的竟然全是你的事。

连我自身也不曾想到过，一个被你骂成坏妻子、几近离婚边缘的女人会躺在娘家的床上，一边抚弄自己的黑痣一边急切难受地思念着你。

把被眼泪濡湿的枕头翻个个儿，于是乎，我在梦中见到了那颗黑痣。

好像在某处的房间里，我从梦中醒来，搞不清楚的是，除了我和你之外，似乎还有一个女人。我要了酒，喝得酩酊大醉，不停地向你诉说着什么。

就在这时，我那可悲的癖好再现了，同往常一样，我的左手从胸前绕到右肩颈根部，可是，我的手指只是轻轻地捏住了黑痣，仿佛要理所当然地取走它那样，黑痣被毫不费劲地取走了。而手指间捏着的黑痣，居然恰似煮熟的黑豆皮一般。

我极端地撒起娇来，吵闹着要你把我的黑痣塞进你鼻子边那颗黑痣的口袋里。

我哭闹着，扯拉你的衣袖，倚靠在你的胸前，把自己指间捏着的黑痣硬是要揿到你的黑痣上。

睁开眼一看，枕巾湿了一大片，眼泪还在流淌。

我疲惫不堪，不过，好像卸下了包袱，一身轻松。

那颗黑痣果真消失了吗？一时间，我一直微笑着，而且并没有伸出手去触摸它。

我要说的有关黑痣的故事到此结束了。

那种捏住黑豆皮似的黑痣的触觉至今残留在我的手指上。

我并不在意你鼻子边的小黑痣，从未挂在嘴上提起过，却也始终留在心里不曾忘怀。

倘若我的大黑痣硬是塞了进去，你那颗小黑痣突然膨胀起来了，那将会是个多么有趣的荒诞故事呀！

再则，如果你也做个像我一样的黑痣的梦，我该有多么喜悦啊。

梦见那颗黑痣的情况还有漏写的内容。

你把我在床上抚弄黑痣的癖好说成“看上去真是可怜”，可我由衷觉得你的话是一种爱情的信号，并为之感到庆幸。我感到可悲，我家的寒碜居然是通过自己触摸黑痣而充分表现出来的。

然而如同前面所说，我感到这个癖好或许是母亲和姐姐们喜欢我才宠出来的，这对我而言是一种拯救。

“从前，我抚弄黑痣是否老挨你训斥？”我试着问母亲。

“这个嘛……并不那么久远吧。”

“妈妈为什么因此而训斥我呢？”

“为什么？难道不是不良习惯吗？”

“看到我抚弄黑痣……妈妈是一种什么样的心情？……”

“怎么说呢，”母亲歪着头思忖，“不成体统吧。”

“说是那样说，可那究竟不成什么体统呢？难道我看上去就是个令人可怜的孩子？是个令人讨嫌的倔强的丫头……”

“行啦，谁会想那么多。不过我总想你若不去睡眼惺忪地抚弄黑痣该有多好。”

“还是叫你生气吧……”

“是啊，还是会有点怎么也想不明白。”

“妈妈和姐姐们在我小时候是否也曾淘气地常去指戳那颗黑痣？”

“也许会吧。”

如此说来，我之所以会痴迷地抚弄黑痣，会不会是在思念小时候母亲和姐姐们对我的爱呢？

我是否因为想念自己钟爱的人们才去抚弄自己黑痣的？

我想告诉你的就是这一点。

你对待我黑痣的所作所为，压根儿就是错误的。

我在你身旁触摸黑痣的时候，同时正在想念其他的某些人吧。

我现在不时会想到，那种令你讨嫌、奇妙的姿态是不是表现了我对你的无言的爱情呢？

本来抚摸黑痣的习惯只是小之又小的事，事到如今也不必再多做辩解，但是，我作为坏妻子的种种行状，难道不是诚如这颗黑痣那样，从一开始就是出自对你的爱，结果却在你缺少眼力的呵斥声中变成了一个真正坏妻子的癖好了吧。

我在琢磨：这就是一个坏妻子任性的好心反成歹意的陈述，想请你好好听取。

夜间的骰子

一

巡回演出中，于某个通商港口投宿之时，水田的房间与舞女们睡的房间中间只隔了一道纸槅门。

或许正在涨潮，耳中传来冲击海防大堤的浪涛声，还有踏着石板路缓慢行走的脚步声，该是船员们回船了吧。

这些声响令人感到春季夜晚的恬静，然而从先前起，来自隔壁的动静妨碍着水田的睡眠。

那是一种小玩意投在榻榻米上的声音——相隔同等的时间，单调地持续了个把小时。

被投下的小玩意，有的落地就静止了，有的则在榻榻米上稍稍翻滚一番。

水田心想，是什么东西呢？不用说，他很快就明白了，那是骰子。

是舞女们在游戏，抑或正在搞些小赌博？

然而，打刚才起就没了讲话声，还传来了香甜睡眠的呼吸声。

好像只有在玩骰子的一个舞女没睡，灯也亮着。

水田房间里的四五个男人全都进入了梦乡。

骰子的声响越发刺激着水田的神经，他忍受着，心想：快要结束了吧。可是，居然没完没了。

那并不是骰子自身发出的，而是榻榻米发出的声响，叫人感到郁闷、讨厌，最后水田觉得自己那粗糙、荒芜的大脑中好像也被投进了骰子。

这声音老在耳边响着，叫人难以入眠，水田越来越焦躁起来，气得真想怒吼。

掷骰子的人总是以相同的间隔反反复复，不早也不晚。

水田起身，拉开纸槅门。

“是道子吗，怎么回事？”

道子俯卧着趴在铺上，她回过头来，冲着水田嫣然一笑，可她一脸的睡意，并不搭理他。

她右手骨碌骨碌地转动着骰子。水田已经忘了骰子，现在一看才知道是这样的掷法。

水田觉得败兴。

“你在占卜什么？”

“占卜……什么也没占啊。”

“那你在干什么？”

“没干什么啊。”

水田走到道子的枕边，道子用双手捂住脸，肩胛稍稍耸起。

可是她马上用手指揉揉眼皮，把左脸颊的头发拢到耳朵上去。

这姑娘的耳朵皮很薄。

水田轻声说：“大家都睡了。”

"是的。"

"你为什么长时间地掷骰子啊?"

"不为什么呀。"

"可是……这不正常啊。"

道子抓住枕头边的东西,不吭声地摊开手掌让水田看。

掌上有五颗骰子。

"哎——"水田吃惊地跪坐下来。

那是用同一种动物的骨头做成的骰子,用久了,都呈现出一种手垢色。

水田从她的掌上拣了一颗细看。

剩下的四颗骰子留在道子手上,她的手指细细长长,异常好看。

她在台上跳舞时,这手指优美地向后翘曲,那情景浮现在水田的脑海中。

"为什么用五颗呢?"

水田把骰子还给道子。

道子掷下一颗,是三点。

"好啦,别掷了,都两点了。"

"嗯。"道子一边点头,一边又掷下一颗,是一点。

"从刚才起,就是这声音搅得我睡不着。"

"哟,真对不起。我想弄到一万……"

"一万?"

"是的。可怎么也搞不到。"

是否把每次掷出的数字加起来要达到一万,所以才这样连续不断地投掷?即便每次都得到最大的数字六,那么投掷千次,不也只有六千嘛。

水田惊得哑口无言。

“得到一万点，有什么好事吗？”

“与那不搭界的。”

“不搭界，那这么做不很愚蠢吗？”

“是啊。”

不过，道子又晃动起手中的骰子来。

“我不是叫你停下嘛……”

道子抬头瞟了水田一眼，把额头搁在枕头上，一动不动。

“真无聊！”

水田撂下这句话，回到隔壁自己的床铺上。

然而，道子并未熄灯，不光如此，当水田侧耳倾听其动静时，发现她好像在垫被上继续投掷骰子，虽然不再发出声响，可那情形恐怕八九不离十。

二

第二天早晨，水田对这伙艺人中的年长些的女演员仙子谈起道子玩骰子的事。

“……真是有点儿怪，我被她搞得觉也没睡好。”

仙子若无其事地说：“过去您不知道吗？道子的骰子是祖传的。在后台她也会时常投掷的。”

“是嘛。”

“大伙儿都习以为常了，没人放在心上的。”

“哼，带着五颗骰子出门，不正常！你说是祖传的，那又是怎么回事？”

仙子这样加以说明。

——道子的母亲是艺伎，这水田早就知道。据说现在好歹有了自己的店，还雇了一两位艺伎。不过她只是三流地区的艺伎，本身也不算多么优秀。

据说她母亲外出应酬时，总会在腰带里放上两三颗骰子，酒席间就会投掷起来。

还有，解开腰带时，骰子会骨碌碌地掉落下来，那恐怕是故意的。稍稍勾起旁人的好奇心，然后自己捡起来，投掷给大家看。

最终也没有人受其消遣的诱惑。原本真是无意间玩玩的，但是日积月累地坚持下来就不同寻常了。

听说这位艺伎竟成了掷骰子的名人，可以随心所欲地掷出想要的点数。到这种境界，绝非一朝一夕之功哇，一有空就会投掷起来。

听完仙子的介绍，水田觉得人具有一种抓住要害、寻找奥秘的聪明或狡猾的特质，恰似想在鞋底找出细小污点的人，其实只能使自己沦落为劣等艺伎。

然而，这仅仅是一种贪欲吗？

水田转念一想，又感到虽说充其量不过是掷掷骰子，既然要被称作独家绝活，那其中会不会有超越贪欲的某种喜悦或者悲哀呢？

如若不然，怎么连她的女儿道子竟然也会着魔似的迷上骰子呢？

“道子究竟是以一种什么样的心情在投掷骰子的呢……”水田向仙子打听。

“这种事情，我怎么会知道？看样学样，久则自通呗。”

“道子掷得很不错吗？”

“不错的。”

“她参赌吗？”

“嗯。道子的骰子，外行人哪是对手！所以她就那样老独自一人投掷。”

“一个人投……”水田自言自语地说。

或许道子并不想让别人知道自己母亲的过去，可是，她毫无顾忌地投掷令人会想起其母的骰子，那又是出于何种打算呢？

不过，仙子似乎对道子的骰子并不怎么感兴趣。

水田去了洗手间。

有一位先行离去的姑娘在换拖鞋的时候，蹲在那儿，把刚才水田脱在走廊上的拖鞋掉转方向摆好。看其背影竟是道子。

水田心想：真是位心细如发的女孩啊。

在小河入海口的海边石崖上，坐着四五位舞女。

“啊，真暖和。想吃冰激凌哎。”一个姑娘的话音传到二楼水田的耳中。

距樱花花季为时尚早，但樱花盛开时节天空淡云密布，天空和大海朦朦胧胧的景象呈现在眼前，白色的海鸟在薄雾中飞翔。

水田朝姑娘们所在的地方走下去。

他一声不吭地来到道子跟前伸出一只手。

道子就像明白一切似的从口袋里掏出骰子递给他。

水田将五颗骰子在石崖上投掷起来，其中的两颗滚落到海里去了。

他抓起剩下的三颗，毫不费不事地扔进海里。

“哟！”道子走到石崖边，朝海里看了看，什么话也没说。

水田很感意外，觉得她应该感到惋惜、愤怒。

舞女们去小屋后，水田独自留在旅馆的二楼，他眺望着骰子下沉的小河入海口的海面，感到了旅行中的孤寂。心想，回到东京后得去见见道子的那位骰子名人艺伎母亲。

停泊在港口的轮船上点亮了灯。

三

旅行总共持续了一个月。

水田带着舞女们去过某个城镇的城山，姑娘们贪婪地吃着赏花圆子和树芽田乐烧烤[①]。

姑娘们聚在一起时更加无法无天，令水田受不了。赏花的游客中有些也会来舞女们的舞台看看的，真是不成体统。

樱花大都凋零了，残留在枝头的已不是花瓣，而是枯萎下去的带有花萼的赤裸的花蕊。

但是，游人如织，舞女们在众目睽睽之下一副满不在乎的样子。

吃完树芽田乐烧烤后，她们用舌头舔着嘴唇，涂抹口红。

道子也用一支口红涂抹，之前她噘起的未加着色的嘴唇，煞是可爱。

仿佛有了意外的新发现，水田朝道子身边走去。

她的不引人注目的小巧的鼻子，在近处看真的十分玲珑，恰似

---

① 日本一种传统小吃，豆腐上涂上树芽味噌后烤出。

充满爱心精心制作的工艺品。

化妆并不出挑，道子却没有感到不好意思。

然而，在一片树木嫩芽的新绿之中，她那与舞台后台化妆别无二致的打扮仍使水田感到新奇。

她的嘴唇、鼻子以及俯视掌中小圆镜的那张圆脸，宛如在诱人进入甜美的梦乡。

水田意识到，虽然舞台上她不怎么起眼，却是位比想象中出色的姑娘。

他唐突地说："道子到底是位怎样的姑娘，我怎么也想不明白。"

"哟，为什么呢……"道子抬起头来。

"你是个沉默寡言的人，对方不开腔，你是绝不会先说话的。"

"唉，是吗？不会吧。"

"像我对你的问话，你只是回答而已。真是少见啊！"

道子不再吭声，像是在反思自己。

道子的口红是上台演出才用的，比一般的口红湿润得多。

水田因此想起来，舞台上用的化妆品，浅草也有销售店，舞女们会去那儿买了为旅行做准备。看来道子不做这样的准备，出来没多久，就拿别人的口红用。有的舞女对此表示过不满。

"有油菜田啊。"水田望着城山下河流对面的田野。

"是啊，我最喜欢油菜花了……"

"是嘛。道子长在东京，真不知道你还会依恋油菜花田。"

"我很怀念的。不过那种花要是插入花瓶，不能放很多，稍稍放几支就成。"

"是这样啊……我们走过去看看吧。"

道子点点头。

通过城镇时，水田想帮道子买点化妆品，即便不是舞台用的，总比老用别人的强。

“我和道子外出走走。”水田向舞女们说，“我们不会晚，你们随时可回去。”

“嘀，上哪儿去啊？带上我吧！”有个舞女站立起来，不过又坐了下去，瞅着这边。

道子本人比那些舞女们还要吃惊。

她伫立着，红了脸。

水田不顾她们，径自走下坡道。

道子追上来：“可以吗？”

“嗯。”

道子有些拘谨，只是低着头走路。

“我说，我不开腔，你还是一味沉默下去吧。”

“唔，不是的。”道子摇摇头，微笑着，一下子高兴起来。

水田发现街边有家小店，就说：“在这儿买点舞台化妆品吧。”

道子吃了一惊，看着水田，脸色顿时变得抗拒起来。

水田明说：“用人家的，会讨人嫌的。”

道子点点头，笨拙地买了化妆品。水田语气缓和地说：“哎，道子，这儿有骰子卖。”

“哟，真是的。”道子语音明亮地说，“我要买骰子，跟这个同样的要五颗。”

“五颗？全都摆在那儿了，只有两颗。”店员朝放骰子的地方走来。

“那就买两颗。”

然后，他们来到河岸边。

河堤上铺设得像人行道，还有松木的行道树。河滩的嫩草地上，游览者们零零星星地分散活动着。

“这条河堤路自从铺成水泥路后，风貌就大不如前了。这是旅店的女服务员说的。”

水田笑着边说边走下河滩。

宽阔的河滩上大部分是草地和石头，河水很少。

水田一直走到河水边，在一块大石头上坐下来。

道子很快在岩石上掷起骰子来。

春季的斜阳照得浅滩河水闪闪发亮。

一时间，水田注视着道子掷骰子的手势。

“帮我占卜一下吧！”

“占卜什么？”

“什么都行。”

“那怎么办……您要明说，我一定帮您占个好卜。”

“是嘛。要是出的是一，那我就和道子恋爱吧。”

“不，不，不要嘛。”道子摇头笑着说，“不行……不过，想要的话，我能掷出一来的。”

“行了，你就掷出一来吧。”

“不要嘛。”

道子明确加以拒绝，可是，她一转身蹲下，把脸几乎贴到岩石上呼呼地猛吹一气，她是要吹净上面的沙子和灰尘吧。

而且，她还十分认真地把岩石表面抚摸了一遍。

“不在榻榻米上投掷，肯定不行！情况不同……”

她说的情况不同这句话，令水田笑了起来。

这时，道子眼神专注地凝视着在自己掌中滚动的骰子，水田也不禁紧张起来。

道子算计着呼吸，一下投掷下去。

“嗨！”

道子的眼睛熠熠生辉，抬头看着水田。

岩石上的骰子绝妙，两颗均为一。

“哼，太棒了！”

道子全身洋溢着一股神圣的愉悦感。

“太妙了！再掷一次看看。”

“再掷一次……？”

道子的话声有些疲惫，她的手指又在岩石的表面摩擦着：“会再次掷出来吗……讨厌。”

在斜阳的照射下，道子薄薄的耳朵皮仿佛是透明的。

四

在下一个旅行地的住处看到投掷骰子的道子，她手里的骰子又增加到五颗了。

“五颗一起掷，都能掷成一吗？”水田问。

“讨厌，水田先生要人一遍遍地投掷……”

道子俯卧着，一只坐垫垫在肚脐眼下面。

“能掷出五个一吗？”

“掷不出的！”

道子不感兴趣地握住五颗骰子投掷起来。

不带有道子感情和意志的骰子一颗颗随意散落开来，她懒得看落地的骰子上的数字，弯曲着手臂，埋着头说：“想睡觉。”

她没穿袜子。

从因旅行显得疲惫不堪的裙子底襟处露出的道子赤裸的小腿肚子很结实，她的脚趾因为跳舞有点变了形。

远处传来了法华大鼓声。

水田捡起散落的骰子，也投掷起来。

道子抬起头，茫然地看着，她抓住一颗，一下子掷下去。

掷出的是一。

再掷一颗，出来的还是一。

剩下的三颗，一颗颗地依次掷出，掷出的都是一。

她用双手手指把五颗都是一的骰子集中起来排成一列。

就像一个孩子在无所事事地玩搭积木一样。

“啊，真是好天气哪。洗衣服吧！”一位名叫时子的舞女在走廊里望着城镇房屋的顶部，她站起来说，“水田先生，我帮你洗，拿出来吧。”

“嗯？”

“真磨叽，我帮你洗衣服，拿来吧！”

“行啦，没要洗的。”

“没有哇，真幸福。您不好办吧，疑神疑鬼的……”时子在房间的角落处打开衣箱，“水田先生，请到那边去。”

“嗯。”

看到时子要洗衣服，大概道子也想洗了，她爬起来，也向水田伸出手来。

“没有啊。”水田摇着头说。

单身的水田，在旅途中把用过的内裤之类的衣物，用报纸一裹，一路上用完就扔。

舞女们提出要为男士洗衣，想来真是奇妙。

洗涤就像传染病似的，从盥洗室或洗澡处传来四五位舞女轻声的合唱。

水田躺在走廊的向阳处，闭上眼睛，舞女的歌声使他忽然觉得自己身处浅草，同时，还产生了旅行已经过了很久的感觉。

当天晚上，已经过了开演时间，可是，女演员仙子还未到达后台，另一位年轻的男演员也缺席。

水田他们碰头商量，派人去旅馆查看，原来是仙子的行李丢了。

向其他舞女了解，她们说，仙子和年轻男演员之间并没有什么可疑的关系，仙子在浅草有丈夫，虽其貌不扬却挺有人气。仙子无法对付他，要离异却也谈何容易。或许这次的男演员，只是她的旅伴而已。或许是仙子丈夫要把她叫回去，将她卖到别的戏棚子去，抑或是仙子想离开丈夫，借这次旅行之机，今后到关西去落脚。

然而，不管怎么说，对仙子而言，此刻应是脱离这个戏班子的最好时机吧。对戏班子有信心的人来说，仙子打算离去是一目了然的事。原先隐匿着的情况浮出水面，所以大伙儿什么都不愿多说。

眼下最要紧的是今夜演出的漏子该怎么补上，大家虚张声势地热烈讨论由谁去替代仙子。

戏班子的负责人友松跑到当地的旅行者处去道歉，很快得到谅解。相关人士还想为戏班子开个欢迎会，让友松把舞女们都带去，说在宴席上作即兴表演，一起玩玩。

友松带着舞女们从后台直奔饭馆后，晚归的水田窥探了一下后台。

负责道具的团员正在收拾舞女们脱下后扔得一地的衣物，不过态度相当马虎。

“真是没治了，越来越邋遢。聪明的人都准备开溜了。”他冲着水田发牢骚，“鞋子里都出蛆了。嘿嘿，真是会折腾啊！”

他捡起舞蹈鞋，啪啪地扔到墙角去。

看来道子是换了衣服出门的，挂在墙壁上的舞蹈服里露出她的套装。

水田的手伸进她衣服口袋一摸，骰子在里面。

“和她母亲不同，去应酬时会忘了带骰子。”

这孩子给熏染得变坏了。水田心中嘀咕着，将五颗骰子掷了一把。

好脏的榻榻米。

再次环视这后台，破破烂烂的屋子里，色彩鲜艳的衣裳显得极不协调，十分奇异。

水田继续投掷。

“掷骰子啊？”男演员花冈进屋后嘀咕着问。

他站在一旁看了一阵：“这种令人郁闷的事还是别干得好。”

“郁闷吗？”

“怎么说呢，我们来赌一下吧？”

“可以啊。赌什么……”

“哎，赌道子怎么样？”

水田猛然抬起头，面露愠色。

“可以，不过要让道子来掷。”

“唉，开玩笑吧……还不如让我喝上一杯呢。本人可是个不幸的男人哟，没人邀请。还是去喝杯春宵酒吧。”

水田把骰子放进自己的口袋，站起身来。

五

在小饭馆里，花冈不时地纠缠水田，最后他问道：

“哎，水田，你对道子怎么看……”

“什么怎么看？”

“不管怎么看，那孩子你不觉得很怪吗？”

“是有点儿……”

“我总觉得，那孩子在小时候没好好让她淘气过。”

“是吗？”水田一惊，望着花冈的脸。

花冈一吐为快。

“其实，我挺喜欢那孩子，一直在悄悄地观察她。”

“观察什么呀，别说傻话。”

“这不能说。反正今晚之前，我对谁都没说过。正因为是您水田先生，才在旅途中首次说出了疑点。那么，你看看，如何解释道子之谜？”

“有什么谜啊？”

“没有吗？”花冈醉眼迷蒙地看着水田的脸色。

酒劲已经有点上头，水田依旧不停地喝着。

花冈浑身没劲地偎靠着水田，摇着他的肩膀。

“好，就算没有。不过，我对水田先生可有个这辈子的请求，想请您让她发发光。”

“嗯。”

“闪亮发光……演个好角色，让她引人注目，到那时，我觉得就可以揭开道子的谜了。”

这话打动了水田，他没有吱声。

“喂，水田先生，你怎么办啊？”

“也许你说得对。”水田点了点头说。

“那可是我的愿望。”

水田想，原来花冈爱着道子啊。

如此看来，花冈的“观察”不能一概予以排斥。

道子今年十七岁，她十五岁时进入剧团，之前她住在母亲家，那时，她干了些什么？又经历过什么呢？

水田硬是把花冈拖到户外。

花冈精疲力竭地坐在路当中：“好月亮哪！”

这个城镇呈长条状，两侧的山都靠得很近。

近在眼前的黑乎乎的山头像是某种不吉利的东西压在心头，道子的耳朵、嘴唇、鼻子、纤手、小腿肚子一一浮现在水田的脑海中，他有点作呕，也在那儿蹲了下来。

从城镇里传来了舞女们的合唱声。

“喂！”花冈提高嗓门叫道。

山中没有一点儿回声。

舞女们手挽着手。

她们一看到水田和花冈，便吵吵嚷嚷地说："都喝醉了，要大家搀扶着走。"

"水田，你没见到道子吗？"

"道子？"

"是啊，中途不见了。在应酬时，我以为她稍稍离开一会儿，却没见她回来。"

"不见了……？"

花冈举起手臂，摇摇晃晃地站起来。

水田觉得，不至于会有什么不测吧，不过，他还是有点不安。

回到宿舍一瞧，道子正一个人安稳地躺在床上。

"怎么搞的，你回来了？"

"哟，真狡猾！"

三四位舞女说着，朝道子的枕边伸出脚去。

道子吃吃地笑着说："回来啦？"

从那种应酬中机敏地脱身，独自一人从夜间的大街上回家的坚强，反而使水田从更深处去思考花冈所说的疑问。

水田嘴里呼出酒气，抱着头在那里坐了下来。

"哎哟！"道子抬起头，双眉紧蹙，"头疼吧，你脸色发青哎。"

"嗯。"水田把口袋里的骰子投掷出去。

舞女们再次欢闹起来。

"道子，掷一把……"有人嚷道。

道子俯卧着，将五颗骰子在右掌上排成一列，并看了看骰子上的点数。

水田一瞅，见中间那颗是一，上下两颗是二，最边上的两颗是四，也就是按四、二、一、二、四的顺序排列。

道子仿佛接受了一种神圣之物，为了不打乱骰子的顺序，她的手掌在水平地移动。

受到道子全神贯注的影响，舞女们全都紧张地凝视着。

眼看着道子手掌的抖动越来越快，骰子一下子投掷下来。

“啊，成了，成功了！”

欢呼者是道子，她从床铺上一跃而起。

围观者目瞪口呆。

五颗骰子的点数均为一。

而且，五颗骰子呈伞状均匀地散开着。

缓过神来的舞女们击掌庆贺，水田亦深感畅快。

跳起来的道子又就地跪坐在床铺上。

宿舍的浴衣下的贴身内衣是白色的。

看到道子跪坐的样子，水田明白：花冈所谓的“观察”，是彻头彻尾的谎言。

“晚安。”水田轻轻拍拍道子的脑袋，站起身来。

“嗯。”道子点点头目送着水田的脚步，“头痛的话就叫我，我不睡的。”

水田回到男子宿舍。

对面房中传来投掷骰子的声音。

那声响与港口宿舍中听到的截然不同。

细细想来，道子掌中的五颗骰子，中间的那颗一点的得旋转八次，旁边的两颗二点的转七次，而两端的两颗四点的应转五次，是不是这么回事呢？她大概记住了水田在那块岩石上说过的话，那以后付出了多大的心血啊！

五颗均为一点的骰子宛若美丽的焰火一般浮现在眼前。

“啪……啪……”

水田想起了花冈的话。

——浅草这地方的魅力，不知不觉中会被人了解，刚出校门的青年会以浅草的歌舞演出小剧场为根据地，半娱乐半工作地在这儿写剧本、搞演出、做舞台装置。水田就是其中的一员。

然而，外行的新鲜感如今已经过时，不光是仙子，也许大伙儿如今都到了看透放弃这一行的时候。

水田难以入眠，他在想能否与道子两人去某个让人眼前一亮的地方。

道子投掷骰子的声音仍在持续。

燕子童女

观光列车驶出逢坂山的隧道，行驶在近江路上，车厢内的乘客已经大都睡着了，没睡的也闭着眼睛。

七八位男子都有相当的岁数，因为工作关系，早已习惯了来往于关东关西。

只有牧田夫妇眺望着春季绿油油的麦田间盛开的油菜花田地对面的湖水。

车上的女乘客除了章子之外，还有一位西方女子。

从湖泊出水口处穿过铁桥，看到驶往濑田川的小蒸汽机船，牧田问："那是游览船吗……"

章子点点头，之后直到安土一带，两人静默不语。

两侧的车窗边放着客厅用的椅子，除了牧田夫妇，其他人都是单身旅行，互相间不交谈，出于对他们这对一目了然的新婚夫妇俩照顾，男人们故意闭上眼睛，不管说什么只是倾听的样子，所以牧田也难以搭话。

彦根城出现了。

观光车厢的窗户很大，午后的太阳一直照射到章子系着腰带的和服外褂隆起的胸部以下。看到章子的颈部暴露在阳光里，牧田不由大吃一惊，仿佛看到了妻子不该示人的肌肤暴露出来一样，瞬间紧张起来。说起来，牧田在看到被日光照射的章子颈部的刹那间，竟极为强烈地感觉到章子的整个肉体。

从这点仅有露出的肌肤便可历历在目地感受到女人的一切，这对于牧田来说毕竟是稀罕的，一种近似于惊讶的喜悦揪心地充溢在他的心中。

可是，曾经自以为如此光滑的肌肤在日光的照射下，汗毛孔一一呈现，也有着人类皮肤的肮脏，叫人扫兴。看到这些，牧田首次感到这女人完全是与自己不同的异生物，真是不可思议。

牧田不知道这个女人此刻在新婚旅行的回程列车上究竟在想些什么，这种不了解，眼下也是令人快乐的。

在婚礼举行前化妆时，章子当然要剃净颈后的汗毛，可在旅行过程中，她就再未碰过剃刀。

颈后的汗毛长得像一层白白的灰尘。

那汗毛使人感到是隐藏在完全温顺地听凭牧田所为的章子体内的东西。

章子的头发看上去有点呈红褐色，身体沐浴在阳光中，可是，牧田思忖，阳光照射下的女人的头发看上去会发红，自己是何时，又是怎么会记住这一点的呢？而且现在自己怎么也想不起那时女人的模样。

微微闭上眼睛，令人陶醉的甜蜜的疲惫感潜藏在身体深处，无数个海蜇浮现在牧田的脑海中。

那是在横滨启航时看到的情景。

牧田和章子搭乘跑外国航线的轮船到神户，作为期一周左右的新婚旅行，游览大阪、奈良、京都。

把他俩送到客舱的一位朋友把嘴凑近牧田的耳边低语。牧田心想，什么事啊?

“你们的床位分别是对面和这边的两端，不在一起哎。”

他是在说卧铺。一般都是完全不认识的两个人同住一室航海，所以床铺设在客房的两端，各自的床边还有帘子遮挡。

牧田单位的上司大概听到了耳语，大声说道：“床铺当然是分开的，只要不是新婚旅行……”

牧田吃惊地抬头看着上司，他的话久久地留在他的耳中。

当时，章子在母亲跟前低着头，两根手指轻轻捏住母亲腰带下的衣服下摆，大概是无意识的吧，想说些什么，一副要哭出来的样子。

送行者下船来到岸上后，到开船又过了很长的时间，牧田无语。他一直在想，要是章子哭出来就好了。章子看上去在一味地强忍。

港口的娼妓们把身子探出栏杆，张大嘴狂喊，傻乎乎的。

因为是新婚旅行，牧田羞于挥动手帕。

轮船启动了，岸上的送行者们奔跑起来，船上的旅客们也生怕看不到送行的亲友，从两侧挤过来。牧田感受到章子的体温，忽然间一阵悲哀袭来。与其说那是牧田自身的悲哀，莫如说是告别亲人，独自与几近陌生的男人一起出航的章子的悲哀传到了自己的心中。

牧田从口袋里取出手帕递给章子。

章子拼命舞动那块手帕，令牧田惊讶。

章子意识到自己的情绪，低下头说：“哟，海蜇……”

牧田也向海里望去，只见掀起波涛的船尾处的浑浊的海水里漂浮着无数的海蜇，个头很大，那些海蜇群在翻滚的波涛中，伸缩蠕动着它们透明的身体。

被宽大船体下的浑浊的海水冲刷，沉浮的大群海蜇，的确说不上是美还是丑，仿佛是一种可怕的东西尾随轮船紧紧追来似的。

牧田只要一闭上眼，这海蜇群就会浮现在脑海中，真没辙。

湖泊消失后，火车驶入小山间，快到关原了。

“那孩子，真像混血儿啊。”

牧田看着跟前的小姑娘，小声说。章子颇感意外：“哟，是吧。”

“偏黑的红褐色头发，是日本人吧？”

“是吗？”

“看上去像是生在日本的，不过，总有点像混血儿。”

“我一直在注意她，像是日本人。她拿的东西也可以证明。”

那小姑娘怀抱日本人偶，拿着个包袱。

“好像是混血儿，动作很温柔。”

“脸蛋与西方人如出一辙。”

“有几岁啦？”

“嗯，七岁吧。那是棉质的吗？已穿上夏季服装了。”

“是呀，或许是麻布做的。”

虽然四月二十日刚过，那姑娘就穿上了夏季衣服。藏青的底色上的碎花纹衣服，袖子和底襟都很短。里面穿着桃色的丝绸内衣和同样颜色的内裤，领子上还镶着白色的花边。

小姑娘的头发左右分开，发梢处系有白色的缎带，不过仔细一瞧，才知道那不是缎带，而是一种陶制物，刘海处也戴着陶制的装饰物。

“她是一个人在旅行吧。”章子说。

“我也觉得是，一直在注意她呢。起先认为她旁边的是父亲，看上去并不像。”

“不是她父亲。”

小姑娘坐的藤椅子很舒适，她的背部深深地倚在靠背上，双脚搁在椅子上，而竖起的双脚膝盖上摊着一册绘本，膝盖倚靠之处还搁有手臂，整个身子都靠向一旁椅子上坐着的人，所以牧田一开始还认为那人是小姑娘的父亲呢。

可是，旁边的男人只顾自己睡觉，小姑娘一个人在玩耍。

“独自一人，真不简单……”章子感到了对小姑娘的喜爱。

男侍进来对牧田说：“房间里空着，请进！”

牧田点点头却没有站起身来。

头等车厢分成三个区域，观光车的前面是安有旋转椅的座席，再前面设有小房间。小房间里有两排面对面长椅，房门的玻璃窗上装有窗帘。男侍或许出于一番机灵的好意，但牧田却不愿进那种午睡用的小盒子般的房间，甚至被邀请也使他感到不好意思。

“你说轮船和火车哪样好？”

“轮船好。”章子回答，“家父曾想让我坐船去新婚旅行哎。”她的话音有些微微颤抖。

牧田看着章子，“你父亲？”

“是啊，他不老说坐船、坐船么。”

“噢，所以你父亲也坐船？”牧田不经意地说。

“不过，只坐过两次。”

牧田笑了。

“家长嘛，自己想做而做不成的事，就想让自己的孩子去做的。”

牧田点头表示同意，然而，很快不由一惊，自打横滨出发以后，他几乎忘记了章子的双亲。

可章子现在的口吻说明她始终思念着家乡的父母，而且牧田也已经意识到，作为章子，这是理所当然的，自己与她之间的不同是明显的，却是首次被发现的。

牧田反省自己，在这次新婚旅行的过程中，自己居然一点儿也没想到章子的双亲，这是否一种意料之外的罪恶呢？

“选轮船旅行就好了。”

“是的。”

“常给家里写信吗？”

“说到写信，你不是看过的吗？”

“就那一封……”

“怎么？”

章子是在质问，她的语调很不服气，好像在说，你是不是认为我是瞒着你在写家信。

共同写过的明信片就不谈了，在旅馆写过的信，章子也让牧田看过。

“只写过那一封啊。”

“回去再好好跟他们聊吧。”

“不过，总有点……”章子撒娇似的说，“我父亲一听到我出嫁的消息，忽然就成了一位幻想家，为我的事，种种空想。”

“是吗？空想什么……”

“各种事情……好像是他要出嫁一样，被母亲笑话了。”

“他是怎么说的？”

“说我吗？他说我不十分了解对象，所以不知道会怎么想。对象因人而异，不知结局会怎样。其实我真希望爸爸别吭声，听他那么说后，我觉得他挺可怜的。”

“不过你也会产生任由他去空想的心情吧。”

“讨厌，你那么说……既不可能，也没必要嘛。”章子出人意料地强调。

那空想虽然有悖于现实，但是牧田想知道章子的父亲在心中为女儿描绘着怎样的婚后生活。

“爸爸那么说，说明他的婚姻是幸福的呢……抑或是不幸……”

“怎么说呢？”

牧田一下子难以应答，模棱两可地说：“他不是在说自己怎么样，只是为子女担忧，算是一种期待吧。”

在车轮的响声中，所有的声音都像被抹杀了似的变得很轻，在窃窃私语声中，章子的话音传得清晰，而牧田的声音却模模糊糊的难以听清。

倘若没有那些纯洁姑娘的私语声，牧田只会认为章子是个胆怯的女人，虽然私语声似乎有点颤抖，却使牧田真切地感到对方是女性，尽管章子完全蒙在鼓里，但她已掌握了这种轻声慢语的讲话方法。

眼前的小姑娘把绘本扔到一边，将包袱一会儿解开，一会儿打上结，动作显得笨拙。色泽暗淡的普通包袱巾居然变得分外可爱起来。

包袱巾里包着装有千代色纸的盒子。

然后她抽出色纸，折了个头盔。

她又把头盔戴在两个带着的人偶中的小人偶头上，但头盔掉了下去。

“啊！”她捡起来，想再次戴上，却并不顺利。

燕子号列车到达名古屋，从京都出发两小时，中途没有靠站。

牧田觉得睡着的乘客全都睁开眼睛，有人起身下车，也有两三位上车的，全是男性乘客。

小姑娘跑向有旋转椅子的房间，抓住一个西方人的肩头，说了些什么。

“还是跟母亲一起来的。”

“是啊，不过，妈妈好像不理她哎。”

母亲对孩子说的只是点了点头，没有把旋转椅转向孩子，继续在阅读。

小姑娘马上又回到观光车厢来。

这回折叠的是仙鹤。

章子微笑着注视小姑娘的日本式游戏。

三河路的瓦片屋顶十分美丽。

小姑娘又解开包袱，把折叠纸放进盒内。

“这姑娘还是混血儿啊。她的包袱巾一角写着‘寺川’两字。”

接着，她又颇有感触，自言自语地说：“不过，结婚就够呛。”

牧田有点迷惑，妻子是想起什么才这么说的呢。

“那位西方女子为了结婚，来到遥远的日本度过一生吧。”

“那当然，如此想来……”

“生下外国人的孩子……”

或许正是想到这一点，才使章子此刻感慨万千的。

不过，听妻子这么一说，使牧田也产生了遥远的遐想。

坐在旋转椅房间里的西方妇女的背影，肩膀宽宽的，透出中年的寂清。倘若说她只是为了结婚而在异国留下混血儿就离去，这是不合情理的。

想到这儿，牧田眼前的小姑娘变得有些令人怜悯地神圣起来。

“西方人的孩子，为什么会这样可爱呢？容貌并不怎么样，可……”

小姑娘的眼睛是蓝色凹陷的，额头和颧骨长得不好，嘴唇向外噘起，有点讨人嫌，然而，身材却令人觉得像天使一般柔软，脚踝以上露出的小腿部分美得可人。

与日本孩子不同的是，她身上具有一种孤独、自由的可爱之处，令人感到立体的独立性。

车过渥美湾的海边后不久，就是远州路，接着就过了浜名湖。

那一带的农户，每家每户都用冬青树做垣墙，树上全都发出芽叶，黄色的新叶犹如无数只蜻蜓停满了冬青树。

列车静冈站之前不停靠，静冈之后只停靠沼津和横滨。

小姑娘从包袱里取出纸气球，大中小三个叠在一起，她挑出最大的那只罩在头上，可纸气球很快掉到她的膝盖上。她朝我们看着，牧田笑起来，姑娘佯作不知地又把纸气球罩在头上，并用双手按住，东张西望地环视着四周。

“真会一个人玩耍，妈妈一点儿也不管她。”章子说。

“西方人的孩子都那样，一生下来就会独处，虽小却不怕孤独。不然，独立的思想就不会产生了吧。”

“不过，在我们看来多少有点可怜，有点不忍。”

接着，看到小姑娘把纸气球放在嘴边吹不大时，章子终于憋不住跑过去，帮她吹大气球。

小姑娘在接过章子递交的气球时，一副满不在乎的样子，好像在说谁让你多管闲事。她既不腼腆，也不和善地微笑。

看上去她很想找个玩伴，调皮得一刻不停，可还是始终一个人在玩。

一旁的男子睁开眼，想对她说什么，她不要听。

“这么看着，你不觉得她越发可爱吗？”章子温柔地说。

车窗外的茶园地里已见太阳西晒，新茶的嫩芽业已暴出。

山间残存的山樱花、村子里盛开的杏树花构成了黄昏前静谧的景致，现在正是树木新叶最亮眼的时候。

小姑娘又跑去母亲身边，马上又折回，一下子蹦到章子旁边的长椅子上。

她从千代纸的小盒子里拿出小布袋来。

“啊，小布袋！”章子充满着怀念之情，惊讶地叫道。

那小布袋是用铁锈红色底的碎花纹友禅印花布料做的。

在车窗外黄昏时分的一片新绿之中，这日本式的小布袋宛若美丽的水滴沁入眼帘。

“家住哪儿？”

“横滨。”

小姑娘回答了章子，却依然不愿多瓜葛，不熟练地反复抛起小布袋，再捡起。

玩腻后又取出格子纸，开始画小人画。

格子纸是商业用信纸，抬头印着横滨寺川生丝商家的字样。

静冈到了。

不久，沼津之前的长长的海岸线展现在眼前。

章子只顾注视着小姑娘，忽然回头对牧田说："我们一辈子都不会忘记这孩子的吧。"

"会记着她的。"

"不会忘记的，可能再也见不到她……"

"是吧。"

"回程中好像只是看到这个孩子，真是不可思议。"

接近东京，等待着自己的两人世界的家庭生活也让牧田觉得不可思议。

"九点正到达东京，你不想再旅行一阵吗？"

"哎，不过，我已经想回家了，有很多事情要做。"

"什么事情？"

"嘀，"章子微笑着，"咱们偷走这孩子吧。"

"偷得了吗？她很懂事的。"

牧田说道。他忽然间想到，要是与妻子生出个蓝眼睛红头发的孩子来又会如何。

他心不在焉地想到，一个全世界各种人种杂婚的和平时代，会在遥远的未来来临吗？

小姑娘无聊地站起身来，小声哼唱着，跳舞似的跑到书架前取出一本书，又跑了回来。

大海晚霞尽染，对面傍晚的天空中屹立着雄伟的富士山。

夫唱妇随

一

牧山从学校回到家，大都自己脱下上衣，而领带则让妻子延子解下，然后伸直两条腿，延子帮他脱下鞋子，穿上布袜子，还为他扣上袜子上的搭扣。

早晨出门时也是延子给他穿鞋，当然，衬衫和西装背心也得从身后为他穿上，不过领带是牧山自己系的，他不需对着镜子也能打得很漂亮。延子哪怕稍稍摸一下也会引起他的不满。牧山很喜欢摆弄领带，只要商店有卖领带的，他总会转过去看看。作为一个教师，算是喜好修边幅的人吧。

帽子是在玄关从送行的延子手里接过戴上，回来时也在玄关脱下递给妻子。

从延子这方看来，既是夫妻之间，帮丈夫脱鞋穿袜早已习以为常，但是，边上有人瞅着时，也会觉得有点不好意思，牧山却依然满不在乎地把脚伸到延子的跟前。

如今的中产家庭中，连袜子的搭扣都帮丈夫扣好的情形大概比较少见了，延子之所以会这样做，是因为当年她的母亲也是那样为父亲做的缘故。

延子的父亲早逝，母亲为他脱鞋穿袜之类的事，延子已没有记忆，然而，当她决定与牧山结婚后，就想起那情形来，那时父母亲的形象历历在目地浮现在眼前，躺在床上的延子不禁流下泪来。

或许那是在父母的身影中，隐匿着自己离开娘家时的伤感，延子可怜自己离去后孑然一身的妈妈，也许在那种思绪的支配下才碰巧出现上述回忆的吧。

父亲的那双大脚是平足底，相当柔软，大脚趾扁平，肉嘟嘟的挺难看，脚趾根部长着黑毛。与他形影不离的母亲是位旧式妇女，手很白皙，手指短而灵活。

虽说牧山是个养子，但由于工作关系住在东京，岳母与独生女延子分开后，就在乡下收养了丈夫小妾的孩子。

延子学着她母亲也为牧山脱鞋脱袜，久而久之便习以为常，因而，这不仅仅是对丈夫的照顾，对她而言亦是一种对于父母亲的回忆。

延子的脑海里浮现出父亲的脚和母亲的手，同时又暗暗观察着丈夫的脚和自己的手。她觉得自己的手很美，而丈夫的脚呢，真是奇怪无比。

延子感受到一种有点儿愚蠢、害羞的爱，“哎，”她敲敲丈夫的脚趾甲，总有点忍俊不禁。

就算有会为丈夫穿袜子的女人，可如此仔细凝视他脚的恐怕很少吧。女人过日子，连自己的脚也不会很认真地去打量。

当然，延子从未正面观察过其他男子的脚，不过她认为，丈夫的脚算是很普通的。父亲成长在农村的大户人家，习惯于管控他人的生活，他的脚具有随心所欲的力量，而丈夫的脚却不具备。在乡下的家中，父亲身上多少有些封建残余，所以让母亲为他穿袜子，也是自然而然的事。

“脚上也能看出一个人的性格吧……”延子一边帮丈夫脱鞋，一边试探着问。

“嗯。”

“都说人有面相和手相，看脚的形状说不定也能了解人的性格吧。”

“或许会吧。”牧山不感兴趣，把自己的脚交给延子，放心地任由妻子去观察打量。

换好衣服后，牧山想起来似的抬起下颏，指向延子的脚：“把你的脚让我瞧瞧。”

“讨厌！”

延子摇摇头，把脚缩进和服的下摆，脸上泛起了红晕。

“可是，不看看的话，有时也许会有所不便。”

“有必要这样郑重其事地看吗？女人的脚嘛，不看也罢。”

“嗯。”

延子想，丈夫明明接触自己的脚业已数年，可没有少看，难道他没能记住那脚的形状吗？

牧山啜饮着粗茶，沉默了一阵又说：

“我曾听说这样一件事，一辆卡车被火车撞了，卡车上的人被甩到铁轨上，有好几个人被碾断了脚，他们都是洗了海水浴回来的青年团的成员，站满了一卡车。看到那些断脚，搞不清是谁的，引起一阵慌乱。可是，当他们的家人赶到时，立刻就分辨出自家人的脚来。”

“是嘛。”延子皱起了眉头。

“应该能分辨出来吧。”

“真恶心。”

延子的眼前清晰地浮现出故去的父亲的双脚。

延子把母亲为父亲脱鞋穿袜的事告诉过丈夫，虽然没有想起自己的姑娘时代，但是，与牧山的婚事敲定后，一下子就回想起来了，真是不可思议，这些心里话，她是第一次告诉丈夫。

“要是有了孩子，自己孩提时代的往事，或许更容易回想起来。”

“应该会吧。”

“一定会的。看到自己的孩子，就会将已经忘却的自己小时候的各种各样的事都想起来。我一直期盼着。”

“时至今日，你还把孩提时代的事记得那么清楚，老是挂在嘴上。”

“不过，你好像有点不乐意嘛，不愿听吧？”

“那倒不是。可我是什么也记不住。”

“女人的交际面很窄，所以光记着自己那些细小无聊的事儿。”

“那也未必。女人很爱护自己，这是女人的强项。”

“也没有光爱护自己。女人是舍己爱人的，做不到这一点，就没有当太太、做母亲的资格。”

“所谓只爱护自己，是指爱与自己和肉体相恋的人嘛。”

延子还是不服，丈夫的话听上去显得浅薄，她在琢磨，丈夫是在凑趣与妻子开玩笑呢，还是在以奢侈的态度漫不经心地对待自己的爱情呢？

“其实，我在学问方面记忆力很差，我很清楚不能依赖自己的记忆，所有的一切都仰仗书本，有一一查证的习惯。多亏了这一习惯，才当上了一名教师。”牧山说，“我想让延子你代替我记住。”

“不过……”

“是呀，就是记住我们的生活，把我们年轻时的事情，请延子当作过去的传说记下来，可作为老后的消遣。”

“好的。”

延子点头称是。丈夫的话令她有点意外，她动心了。

“那我就开始记日记吧。”

“日记？是吗？”牧山像在思索，“记日记好吗，写下来就无趣了。还是请延子用心记住得好。”

“那样能行吗……我也什么都记不住的，还是记日记可靠。我的记忆很怪，会记得与事实不符。你那么相信可叫我为难。”

“回忆这东西，就是那样的，不必那么精确，与事实有点儿不同才好。延子只要随意地帮我记住，对我来说就足够满意了。老后听听那些往事，会想起原来如此，这就行了。”

“那我就尽最大努力去记住。”延子微笑着，“不过你自己不记也不行哟。”

“我可不行。我去记的话，什么事都会变得无趣的。”

“那又为什么？”延子不解丈夫的真意，“真奇怪！”

说着她摸了摸搁在火盆架上的丈夫的手。

听了延子回忆的事，丈夫想到他们夫妻俩就是这样生活过来的，所以要说想把那些事当作老后的消遣。延子相信，丈夫这样说，说明他对自己的婚姻生活还是满意的，没有谋反的意思。

此外，如同延子所想，说二人之间有夫妻生活，说明牧山肯定十分爱着延子。

延子在感到幸福的同时，不知何故，更觉得应该好好体贴丈夫。

然而，虽然说自己的记忆力不好并非谎言，可把夫妻俩的一辈子拜托妻子延子一人记住，这就是丈夫身上的任性，连袜子上的搭扣也要帮他扣上，或许自己就是这样使得丈夫尾巴越翘越高了。

延子想象着，与其让牧山记住夫妇俩的人生，莫如自己记着，到老后回忆回忆，定会感到幸福的。想到这儿不由一惊。因为在这种想象生成的过程中，她不仅意识到男人和女人的区别，还探测到丈夫与自己的性格之差。

造访牧山家的来客，众口一词地说延子是位好夫人，无不夸赞她教养有成。

“夫人看上去出色，是因为丈夫有缺陷呐。”牧山总是笑着以这句口头禅应答，而来客一准用固定的话来回应，“哪里哪里，是因为丈夫好哇。”不过，这时候牧山会沉下脸来。

二

延子的母亲去世了，父亲小老婆的孩子桂子由延子收留到东京的家中。

不用说，牧山是反对的，延子母亲让桂子入住故乡家中时，牧山就是反对的。据他说，其实延子父亲去世时，曾经处理好了桂子的问题，后来，桂子那边并无什么抱怨，反倒是延子家主动凑上去有了瓜葛。

“首先，妈妈这不是自取其辱吗？憎恨才是理所当然的。”

虽然丈夫这么说，但是延子并不憎恨桂子，或许她们是分开生活的缘故，延子甚至有一种伤感：这是自己唯一的妹妹呀。

反正可以请桂子帮忙照料母亲，所以延子瞒着牧山，给她们送去成套的和服料子。延子觉得若是能让牧山亲身体会到母亲收留小老婆女儿时的寂寞就好了。

对父亲纳妾，母亲早就厚道地想开了，并未产生牧山所说的妻子的屈辱感。每当学年更新时，母亲还会给桂子送上升级的贺礼。

母亲葬礼时，牧山首次看到桂子。

“非美人也。”他颇感意外。

“你以为她很漂亮？”

延子想到牧山可能以为小妾的孩子美过正妻的女儿，便觉得不舒服。

桂子个子很高，瘦而有骨感，缺少女人的温柔。身体的皮肤比脸部黑，不过，浓密的头发很美，笑起来总觉得很像延子的父亲。

让桂子在厨房里帮忙，她摆弄盆碗的动作粗糙，于是延子很容易感受到母亲的隐忍。母亲在擦拭走道和立柱时十分珍爱家里的老器具，她与桂子共同生活，定会有很多为难之处吧。

收留了桂子之后，老家的房子完全弃而不用了，所以牧山提出，不如把它卖了如何？他说，那里的田地和山林现在出手正是时候。

延子很惊讶，“可我们现在的生活并没有什么不便呀……”她竭力平静地说，但话音还是在颤抖，恰似一种恐怖感令其脊背冰凉。

“再等等看吧……”

“那是延子的财产，不便急着匆忙做出处分吧。”

“我可不认为都是我的财产，也是你的！”延子惴惴不安地说，“可我们东京的生活总有令人不安之处啊。虽然拥有股票，但对我这个乡下人来说，总觉得不可靠，还是持有老家的田地和山林更令人安心吧。丢了那些东西，我们就真成为浮萍了。”

“那是因为你在老家度过了幸福的日子，对那些幸福生活的幻影充满了留恋之情。像我这种从小辛劳的人可不会被财产之梦所欺骗，靠精确的计算来判断。”

丈夫这么说，延子也就难以言对了。牧山熟谙蓄财之道，看到损益是无可厚非的，不过，资金方面没有为难之处，却要卖掉老家的房产和土地，这叫延子难以理解。丈夫若是商人或事业家倒也罢了，可他不是一位学者，正安稳地过着他的日子吗？

牧山像是要排遣延子的恐惧感：“要是我抛掉股票，借钱维持生活，是否可以卖？”

“对呀，那就没法子了。”延子笑了。

牧山是绝不可能那么做的，这个话题就此作罢。

桂子来到东京家里后，老实地依赖延子，对牧山一点儿也不亲近。

牧山也从未吩咐过桂子一句，必要的事均由延子转告。

“老是一声不吭的，不知道这姑娘在想些什么。”牧山视桂子为眼中钉。

“那倒未必，她挺能侃的。”

然而，延子也不愿调停他俩的关系，因为她感觉到，不知何故，桂子开始在蔑视牧山。

每当延子为丈夫穿袜子时，桂子总在一旁瞅着，面露冷笑，好像要说：一个养子，居然如此盛气凌人！

延子的父亲去小老婆的外家时，是否也是让桂子的母亲帮着穿袜子的？看到桂子那模样，延子总觉得好像不是。

想来外家准是脏兮兮的，弄得乱七八糟，小妾会让延子的老爸穿上领子满是污垢的和式棉袍，邋遢地躺着，再从附近奇妙的店家买来乌冬面或什锦凉甜粉让他吃的吧。

延子有时会觉得自己能看到桂子身上有父亲不洁净、猥琐的一面。

可是，桂子眼中的延子，不知不觉中有了变化。延子要为丈夫脱袜子时，桂子会悄悄地低下头去，令延子惊讶。

延子想起了决定与牧山结婚后回想起母亲的事。难道桂子没和谁恋爱过吗？

延子还是猜对了。——桂子告诉延子，她已与佐川约定结婚，而且好像还怀上了孩子。

延子只能与丈夫商量，牧山立即寄出快信去叫佐川。

佐川一直在给牧山当助教，常常出入牧山家，这次靠牧山照应，刚刚决定要去外地的学校任教。

三

佐川来了，牧山让延子一起去见，延子对着镜子整妆时牧山站在她身旁说：

“快信寄出后，三四天没见到他了，这件事恐怕不好谈。”

“是啊。不过，弄清楚了没有孩子，也不坏。”

“唉？”牧山一下子摸不着头脑。

“怎么知道的？”

“你真傻啊。”

延子一走进客厅，就看到佐川摆好架子，还带着几分敌意。

“本来收到老师的信就该立即造访的，可是有些事得好好想想……”他的脸色有些苍白。

“唔，我很吃惊。你是个老实的人，这事该先跟我们商量，或许这种事难以启齿吧。”

“是的。”佐川低着头，闷憋了一阵，“看了老师的信，觉得此事自己也有责任，所以又重新考虑了一下。”

“重新考虑？”

“孩子的事。”

“孩子？又没有孩子。”

“哎？”佐川脱口而出，“是吗？”

他嘟囔着，朝延子这边投来锐利的一瞥。

牧山看来对佐川的态度感到不安：“不过，你会坚守自己的约定吧。”

“约定？我与桂子之间没有任何约定啊……”

“桂子说他与你已约定结婚了。”

“绝对没有，桂子心里应该很清楚。我们的接触从一开始起就没有这种打算。”

“那你是什么目的？”

“当然，我是有责任的，不过桂子也一样啊，我认为是五五开吧。”

牧山沉默了一阵：“没有孩子就好，要是有的话，你就得答应结婚啰。”

“不，我不会考虑这等傻事。即便有了孩子，我也不想结婚。所以我烦恼了两三天，琢磨怎么处置孩子。”

“你能否为了桂子，不去烦恼。”

“我与桂子早已分手了，这种事大家都有过错，所以决定尽早了结。”

牧山因愤怒而嘴唇颤抖，他努力平静地说：“玩弄了有恩于你家的姑娘，亏你还这样恬不知耻地言之凿凿！”

“老师，您误解了。我预料可能或出现这种情况，所以带来了日记。”

“日记？”牧山与延子对视了一下。

“您看看日记就应该明白，我也重读了一遍，很难认定那是我一个人的责任。”

“你一直记日记吗？”

“是的。”

“真是无懈可击呀，我算服你了。拿给我看看。”

“好的。倘若您一定要看，我想请夫人过目。”佐川把日记本递给延子。

打先前起，佐川就态度冷淡，没有一点儿示弱的表现，这让延子很是吃惊，确切地讲是在一旁看得出神。

她愣愣地翻开佐川的日记本，不时看到的折页处大概都记着与桂子相会时的情景吧。

然而，才读了两三行，延子的脸色就发白了，为了控制颤抖，她的两个膝盖紧紧地并拢在一起。

——原来佐川爱的人是延子。他并不是景仰牧山的学问，而是被延子的魅力所惑，才出入延子家，担任牧山助手这一角色的。

看穿这一切的人是桂子，她以要向延子传达佐川心意或告知牧山为藉口，勾出佐川，然后缠上他，开始委身于他。佐川经不起向他哭诉的桂子的诱惑，离开延子，不得不沦落乡村，对他而言，确有一时的懈怠。

延子读日记的表情非同寻常，牧山惊讶地问道："怎么啦，是桂子不好吗？"

"是，是的。"延子没能抬起头来。

"是嘛。那么，总之先把桂子叫到这里来，和佐川君两人好好谈谈，争取认可。"

"是。"

"去叫桂子来！"

"是。"

延子正要出去，"夫人！"佐川叫停她，"请把日记本还给我。"

"哦，对不起。"延子返回，把日记本还给佐川。

"我们还是不要待在这儿为好。"说着，牧山和延子一起走出客厅。

"情况怎么样，还是不行吧？"

延子一下子闭上眼睛，抓住丈夫倒向他的肩胛，连连摇头。

过了一阵，牧山又到客厅去看情况。

"喂，延子！佐川回去了，嗨，延子！"他大声嚷着，"太不像话，招呼也不打一声就开溜，算什么东西！”

延子一进客厅，双手抱膝的桂子便“哇”的一声大哭起来。

“姐姐，对不起，对不起，姐姐！”

延子茫然地站立着，觉得热泪流下脸颊，猛然惊醒似的抚摸着桂子的脊背。

此刻，姊妹之爱首次有了交融。

当天夜里，延子为丈夫脱下袜子，边为他穿上睡衣边说：“我想把桂子送到乡下去住一段时间，行吗？她太可怜了，让她静养一段吧。”

“嗯。不过，那孩子我真是搞不懂。是不是再请佐川好好想想，实在不行，就早点在乡下帮她找个婆家。”

“是啊。”

“桂子二十四岁了吧？”

“是的，二十四了。”

“比你小三岁吧？”

“是的。”

延子睡不着。

佐川爱着自己，可我做梦也没想到过，这是多么粗枝大叶啊。难道自己居然被丈夫迷到这等程度？

莫名其妙的泪水濡湿了枕头。延子是幸福的，一定是深爱着自己丈夫的那种幸福。

然而，她不能不想到，由于佐川，自己所记忆的人生与丈夫所记忆的人生是迥然而异的。将来老了回忆往事时，能把佐川爱自己的事告诉丈夫吗？延子觉得自己必须努力老老实实地告诉丈夫才对。

延子唯一一次与牧山唱反调的就是出卖家乡房产土地的事，她觉得这件事也该听丈夫的，所以提出带桂子回乡，找家乡的亲戚们去商议商议。

一个孩子

元田一看就知道，痛苦地俯卧在床上的是芳子。

医疗部的窗户边有一株高大的合欢树，越过合欢树枝，向上可以看到里院对面的病房，虽然距离远得浴衣的花纹也难以看清，但是芳子发出“嗝——嗝——”的呕吐声在这边也听得清清楚楚，她吐不出别的东西，吐出的只是又黄又黏的唾液。元田觉得自己也变得难受起来。

“那么再观察三四天，母亲要是有危险时，或许只能不得不放弃。那时我再与您商量……”医生对元田说。

“好的。”

元田避开医生的眼睛，凝视着芳子病房的方向。

元田怀疑医生是否会认为自己和芳子已是结了婚的。第一次来医院检查时医生就说看得太晚，言语中大有对两人关系感到奇怪的意味。今年春天刚从女子学校毕业的小个子芳子系着纯白的兵儿腰带，怎么看也只是个少女。短短的头发尚无法梳扎，加上妊娠反应十分憔悴，看上去有几分凄惨。芳子怎么也不愿上医院就诊，元田也觉得不好意思，便日复一日地拖了下来。

芳子被叫到名字走进诊察室时，又向回走了两三步站停，看着元田，她想露出微笑，又好像意识到自己动作的奇妙，忽然红了脸，连护士也朝元田回过头来。

住院以后，元田一直想告诉医生，他俩已正式结了婚，但始终没碰到再说的时机。

“她那么痛苦，是不是因为结婚太早了？”元田试着打探。

“那倒未必，还是体质关系吧。”

医生也朝芳子的病房望去。

梅雨季节少有的蓝天下不甚清晰地映衬出淡红色的合欢花，花下的绿叶间可以看到病房的窗子，芳子还是一副少女的模样。

她的双手紧按心窝口，抵住蜷缩的双膝，探出病床的肩上的脑袋痛苦地扭动着，仿佛会从床上倒栽落地一般。

元田慌忙跑出医疗部，一进病房就抱起芳子，她精疲力竭地把脸颊靠在元田的胸口，气喘吁吁地呻吟着。

“护士跑到哪儿去了？”

“我不要她们陪，不要！”芳子摇着头，依靠在元田的手臂上，手掌上都是冷汗。元田帮她擦了擦额头，芳子自己也抓住袖口，擦去嘴边的唾液。元田要给她换上睡衣，芳子说：“你等等。”随后伸直双脚平躺下来。

“很难受么？”元田问。

“嗯。”芳子露出笑容，“哎？难受，跑到哪儿去了？怎么搞的，真怪，好了！是因为你来到的缘故吗……”

元田把鸭嘴壶递给她，芳子闭上眼津津有味地喝起茶水来，好像嘘地吹起了口哨，一脸的笑容。

“趁现在舒服，吃点东西如何？”

“不，不，请不要提吃东西，又会变得难受的。”

元田用洗脸盆打来水，为芳子擦身。芳子坐在病床上，不用一只手扶住肩胛，她的身子就会不稳定地晃动。元田的手指上传来芳子苗条肩胛的骨感，从后颈项到背脊，被太阳晒黑的女学生的肌肤一下子变得雪白，上面的汗毛十分显眼。

芳子拉上窗帘，要元田把住房门。医生说芳子的骨盆生孩子也许过于勉强，元田站在门边，瞅着她的骨盆只觉得怜悯。——护士帮她测量时，芳子并不叫疼，那个部位还残留着卷尺的痕迹。

换上一件新的浴衣后，芳子揉搓着脚趾，弄出黑色的脚垢来。元田厌恶地看着，芳子抬起头来问道：

“哎，你和医生碰过头了吧？”

“嗯。”

“医生怎么说……他怎么说？不能生吗？他说不行吗？”芳子一边追问，一面扑簌簌地落下泪来。

“不要嘛，我一定要生，请让我生。来，我们说定……就是死也要生……”她的嘴唇紧绷颤抖着。

“没事的，肯定没事的。只要芳子肯吃东西就行。”

“是吗？我什么都吃。”话一出口，她的肌肤马上变得灰白，像是起了鸡皮疙瘩，立刻又想呕吐了。元田静静地让她躺下。

“请帮我拿那张照片……”

那是女子学校的毕业纪念照，芳子居然把它带到了医院。

“我会死的吧。”

“别胡说，傻瓜！”

“不过，你看着上面，只有我一人像死人，对吧？我准会死的。”

拍纪念照时，只有芳子一人不在，在全体毕业生并排站立的上方，芳子的照片是后来合成上去的。

芳子没能出席毕业典礼，是因为她离家出走，跑到元田的住处来了。

芳子家是乡下城镇的酿酒店，临毕业时，就有人来提亲。芳子把与元田的婚约告诉母亲。她与榻榻米店出身的小子、多半靠苦读从大学毕业的元田当然并不般配，所以不可能获准。有旧时代家长气质的父亲对芳子劈头盖脸的一顿臭骂，或许是她恨得失去理智，就逃到元田家来。

元田回到自己的公寓，看到无助地呆坐着的芳子眼睛一亮。本来可以在火车中发个电报或者往元田的工作处打个电话，但她都不曾想到，只顾惴惴不安地哭泣，一见元田，就像在等待一个回到家的不可指望的人那样，怀着悲伤的喜悦迎接他。

芳子家大概并没想到女孩子家会如此大胆，居然跑到元田的住处，他们好像一直在亲戚和朋友圈内寻找。芳子姐姐来到元田居住的公寓时，已经是四五天之后了，芳子还是被姐姐带走了。

因为怀上了孩子，三个月后急急忙忙地举行了婚礼。婚礼是在东京悄悄举办的，随后，芳子的母亲住进他们的新家，为女儿备齐新娘的嫁妆。

两人的新婚生活可以说始于芳子强烈的妊娠反应。

在小小的乡下城镇，芳子的事情很快就被学校知道了。芳子参加了所有的考试，成绩优秀，却不参加毕业典礼，出逃到男友家，引人提议不发毕业证书。

每次看到毕业时的纪念照片，就会想起这档子事来。只有芳子一人的照片离开同学们，浮现在集体照上方的空白处，这仿佛成了他们俩人结婚的纪念，也在歌颂热情的胜利。

芳子在公寓等待元田时的悲哀的模样如今成了抒情的场景，两人相信芳子的冒险是爱情的火种。

芳子不时取出毕业照来看，或许可以说明她对女子学校还十分留恋。

然而，芳子说照片里只有自己看上去像个死人，元田无法一笑了之，他不是没有不祥之感：只有芳子的这张照片与众不同，是否暗示着她的异样的命运？纪念照往往有这样的习惯做法，把已经离世的人放在上面的空白处。

芳子的妊娠反应相当严重，她已衰弱得要打营养剂了，过了反应期，在尚未足月之时恐怕就得剖腹取出胎儿。这种身体不知将来会怎么样？医生也说过，再持续三四天的话，母体会有危险。

芳子坚称就是死也想生下孩子，这话与其说是母爱，毋宁说是因病而变得异常的脑海中的梦呓。

不过，芳子要生下这个孩子的心情元田也十分理解。要是没有这孩子，两人就不会结婚，何况结婚前那些痛苦的经历，全都寄居在孩子身上，那是多么烦闷的心情啊。倘若放弃这孩子，之后的空白将无从忍受。会有罪恶的恐惧，但更强烈的会是难以言表的不安。芳子只想盲目地紧紧搂住这个孩子。

“学校的礼堂里，开办以来的学生都并排拍毕业照的。大伙儿会笑我的吧，不过，要是我死了，他们又会可怜我的吧……”

芳子扔下照片，闭上眼睛。凹陷的眼睛里可以看到眼球在不安稳地转动着，而且泪流不止，仿佛泪腺打开了闸门一般。

“现在就死，就会带走我的孩子，他也会一起去死的，真是对不起，不过那样会很幸福。”芳子说着，从枕头下面取出一张纸条。元田看到上面详细地写着他的衣服、内衣，分好夏季和冬季的，各自放在衣橱的什么抽屉里，还做好了餐具的目录。“来访的人多了，你会手足无措丢人现眼的，所以帮你写好了。”

“不至于吧。”

元田黯然神伤，这是多么悲哀的遗书啊。铅笔字写得工工整整，不愧为女校的优等生。

元田决定由医生去处置。芳子濡湿的眼睛变得彻底的澄净，元田很是惧怕死亡的阴影。

擦拭着芳子汗津津的身体，元田碰到了她那小小的乳房，只有那儿是凉凉的，他在一旁朝它眨巴着眼睛。

芳子的妊娠反应竟然鬼使神差般的好了，这固然有治疗的效果，却又总让人觉得似有神助。

她食欲大开，食量惊人，眼看着胖了起来，整天地忙忙碌碌，不修边幅，变成与她家乡富有世家全然不同人家出生的判若两人的女人。芳子甚至忘记了肚子里的孩子，恰似女学生那样地唱歌，奔跑。元田也从未见过她这般模样。

一屁股坐下，腰间的力量沉甸甸的，体态很快变得像个已婚的妻子，手臂的肌肉发达起来，手劲儿也大了。女人那无穷尽的力量在爱情中熊熊地燃烧起来。

连分娩的不安也忘了，两人沉浸在新的幸福之中。

一天早晨，元田被芳子的呛噎声吵醒，见她正在床上抽烟。

“喂！”元田要夺下她的烟。

“抽抽也没关系吧。”芳子并不买账。元田指责说，哪有女人大清早在床上抽烟的！

“因为怀了孩子，特别困，两个人嘛！”芳子转过身吐出一口烟。“香烟嘛，前一阵我就抽上了。”

芳子闹的别扭让元田惊讶，他盯着她看了一阵，“傻瓜！”照着她肩头打了一下。

芳子一下子蹦起来，利索地拾掇好自己的床铺，胡乱扯下元田的盖被，又用力掀起他的垫被，把元田甩到榻榻米上。

他被芳子巨大的力气吓到，小声地说：当心流产！

“没关系，反正孩子是从坟墓中生出来的。”芳子冷笑着，故意用力把被子扔进了壁橱，而这些平时是让女佣干的。

“我做了个噩梦，太伤心了，所以才抽烟。我听到墓地有婴儿啼哭，见孩子从死人的肚子里产出，那肚子像蛙一样呈青色，在月光的照射下，真叫人毛骨悚然。”说着，芳子打了个寒战。

元田心想：这是不是妊娠反应再来的前兆？可是，芳子的叙述有显而易见的破绽，她是否真做了那样的梦，令人难以置信。或许她是把读过的书中的情节当作梦境在讲。

近来，芳子一味依赖元田的可爱的声音听不到了，变成一种黏黏糊糊、满不在乎信口胡言的语调。

在厨房间她把女佣赶到一旁自己下厨，当天的早饭，摆在元田跟前的是生鸡蛋、紫菜和甜烹海味，却不见豆瓣酱汤。

元田一催，芳子答道：“我一闻到酱汤味儿就作呕。你让女佣去做，到我不在的地方去喝！”她看也不看元田，一口气吃下三四碗腌海带的茶泡饭，实在是吃相可憎。

元田发现芳子偏食，就说这样不利于孩子的发育。

“发育不良，分娩不就容易了？”芳子在装糊涂。

元田的袜子上开了个洞，衬衣的袖口也脏了。

“在公司里又不用脱鞋，唠唠叨叨的。一个榻榻米店的小子，还挺时髦的。”

“你说什么？”

“说错了吗？难道你不是榻榻米店家的儿子？”

元田从桌子的抽屉里拿出芳子的“遗书”，接着寻找袜子和衬衣，“你想想这张纸吧！”他把那张纸放在芳子面前。当时那个令人爱怜的芳子，现在跑到哪儿去了？

元田独自换袜子时，芳子把“遗书”撕成小碎片，扔到盛夏耀眼朝阳照射的庭院里。从敞开的浴衣衣领处露出的肩胛颈项，美丽丰满，恰似抹上了香油一般润滑。元田忽然闭上眼睛，觉得她不是自己的芳子，而是大街上的娼妓。

之后的两三天，芳子几乎不对元田讲话。

胎儿是神圣的，芳子有了洁癖。去年刚从大学毕业的年轻的元田，只能顺从她。

芳子忘记了化妆，表情严肃。她的颧骨凸起，以男人一般的眼神正面瞅着元田，而且，好像被体内喷涌而出的暴力驱使，特爱干力气活。

元田嘱咐女佣别让芳子多干活，可四五天后，女佣向元田哭诉，自己被解雇了。这女佣是芳子从乡下带来的，对她很忠诚。元田帮女佣辩护，芳子一脸的不悦。

“说什么女佣向你哭诉，真是令人作呕。你们俩秘密地在说什么悄悄话？”

元田首次意识到，芳子正被一种病态的嫉妒所烦恼，自己讲述同僚传闻时，她每次都表示反感，或许也是那烦恼所致。

元田觉得应该提醒她，但是，这种无端的嫉妒似乎还带着某种邪恶，人人喜爱的直率淳朴的芳子，近来总是怀着敌意看待他人，可爱的心思不见了，世家闺女纯洁的气度也消失了，在老家，她一定从未有过这般无礼的生活。

连续吃上一周金枪鱼生鱼片，偏食使芳子渐渐胖起来，变得健康，可元田怀疑那健康是不实在的，搞不好是一种幻象，会一下崩溃的。是不是她的身体还无法孕育分娩孩子？芳子身上好像有邪魔附体，她是靠邪魔的力量在生活。说得极端一点，看上去芳子已经毁灭，是别的生命假借她这个躯壳在生存。尽管元田知道这种意念是自己孩子般的妄想，然而，胎教还是存在的，要是芳子的变化多少暗示着孩子的性质，他就会平白无故地担忧将来妻子会产出什么样的孩子。

总之，家庭的和睦和幸福全被破坏，芳子耸着肩，每件事都与元田对抗。整天充斥着丑陋的互相反目，使元田的心情颓唐起来。

元田觉得或许是芳子第一次在城市过炎热的盛夏，对她有孕的身子有所影响，所以建议她回乡下去避暑，芳子却胡乱猜疑元田想与自己分手，乱扔陶瓷器地闹腾了一番。

不过，躺在蚊帐里，芳子又说孩子在动，她静静地合上眼，还出人意料地露出鲜花开放般的祥和的微笑。

“是嘛。——嗯，嗯。”

“别碰！”芳子尖叫起来，猛然推开他的手。

“反正你是个冷酷的人，你对孩子是冷淡的！我很清楚，你一面在医院哭着求我，就是死也要生下孩子，可当天临回家，就对医生说过不要孩子吧？我从未碰到过如此叫人窝心的事。我想过和孩子一起去死，不过要是孩子能长大，我会把这一切都告诉他的，一定会！这是医生亲口告诉我的，假不了！”

在芳子的妊娠反应好转后，医生开玩笑地说过，在反应症状最严重时，元田曾经如此担心过。现在，芳子却说等孩子长大后要对他说父亲说不要孩子，这种抹黑的坏话极其恶劣，难怪元田再也无法忍受。

“我以这样的身体状况出嫁，你是不满意的！可这也是因为你不好，我对有孩子完全不知情，一味信任你，跑来找你商量，可是让我回不了家的难道不是你吗？父亲最恼火的就是这件事。他说，你还是个姑娘家，要干干净净地还给父母。以后希望有出色的男子来娶你……如果你不那么做，我就不会背叛你。我是不会像不良少女那样因为想结婚才跑来东京的！我想要足以能够清晰回忆的婚姻，可现在的，想起来就恶心！”

元田无语。然而，那也是芳子必定会如此陈述的事实。自己发声的话就不可挽救了，元田充满了凄凉的幻灭感。

女人都有崇拜自己的纯洁的心理，芳子的内心深处沉积着纯洁遭到污染的怨恨，所以在现在一吐为快。不过，芳子始终憎恶两人最初的好合，这对元田来说，多少有点突然袭击的意味。

元田不愿讲任何话，对俯卧着哭泣的芳子首次感到生理上的嫌恶。他看到了失去羞耻心的女人的丑态。迄今为止，元田一直觉得逃到他公寓来时的芳子那么可爱，虽然有几分可怜，却没有丑陋的记忆。

有时元田甚至怀疑，芳子的反抗言行中是否真的含有憎恶的成分。

芳子自己对精神异常似乎也有恐惧感，她会与元田磋商，开始阅读宗教书籍，在壁龛上放上插花，偶尔还会沏上一壶茶。

然而，她又会在元田书桌旁的废纸篓里查找废物，这也罢了，竟然还从女佣的篮子里拿出信件，心神不宁地阅读，甚至狂暴的雷阵雨打湿了朝北的女佣房间的纸槅门都全然不知。

不久，女佣主动来辞职，她由衷地为离别芳子而惋惜，哭着回了老家，可是，她一走芳子就数落起女佣的种种不是。元田大为惊讶，想不到芳子还有这么会刁难人的心术。

还有，看到芳子写到老家去的书信时，元田只能认为她的脑子出问题了。看来芳子是在元田的书桌上写的，元田看到装订在一起的信笺，将这种没有写完的信往外寄首先是不正常的。

芳子在信上写道，自己是怀孕之身，却每天受到元田的虐待，终究难以忍受所以想要离婚。元田只是在芳子抽烟的那天早晨打过她一下，她却写成始终对其又打又踢。元田一下子难以判断这是为了在乡下的父母跟前夸大效果呢，还是一种受害妄想症？总之，看来只有请老家的人将她领回娘家去住上一段这一条路了。芳子还写道，她在这个家是无法生产的。

这一次来接她的还是她的姐姐。

看上去先期回乡的女佣已把芳子的一些状况告诉了家里人，姐姐并没有指责元田。她笑着说："女人怀上孩子后因人而异，有的特别想要人抚慰。还是第一次碰到这种事吧？元田太年轻，芳子也是个孩子啊……”

芳子忘记了自己写过想离婚的话，哭着对元田翻来复去地讲，分娩时你一定要来。还进来问他自己穿的和服和化妆合适吗？她紧紧拽住丈夫的手不放，令元田直觉得都是自己不好。芳子的头发长得很长，而额头上的发际却比过去稀疏了。

“真怪，怎么变得如此胖墩墩的？”芳子的姐姐说。

芳子面对元田，默默地在书桌的抽屉里又放好“遗书”后离去。不可理解的女人心元田铭刻在胸，连自己的和服与衬领都仔细地写在上面。妻子还是打算要回这个家的吧。

然而，无论元田怎么写信，总不见芳子的回信。以前的女佣告诉他，元田的信都被她母亲收掉了，没让芳子看。

要是就这样离异的话，这段短暂的婚姻生活简直如同噩梦，元田一面责备自己，另一方面却又不知道应该迁怒于什么才行。半夜里突然醒来时，脑海里显现的尽是芳子那要死要活的极其苦闷的爱。

芳子安产一男儿

元田收到这封电报时，已是深秋季节了。

元田一进产房，芳子就嫣然一笑，眼睛一眨不眨地凝视着他，忽然间，她拢起纷乱的短发，好像一下子想到似的给孩子喂起奶来。

“奶水还行吗？”

“不多，说是还得加牛奶……”芳子轻声回答。她的平和而幸福的脸上，好像什么事也没发生过似的，清爽得刚洗涤过一般的美丽。

“这么小的可爱的妈妈，真是好笑……”芳子的母亲笑着走进来。

果然芳子又变得纤纤小小的，成了一位可爱的少女。

傍晚的月亮照射在菊花地对面的柿子果上。

“真漂亮呀。”

“是啊，今年是柿子的大年……”妈妈说着，与元田一起望着柿子。

这就算搞定了？元田纳闷，一时间真是难以置信。

芳子像是变过几个人，宛如魔术师一般地呼风唤雨。新生儿活像个天真烂漫的小猴子，用力吸吮着一度濒临死亡深渊、又一度被逼到疯癫境地的母亲的乳汁。

待嫁的人

轰隆一声地鸣，房屋摇动，玻璃窗也哗啦哗啦地作响。

“爆发啦！”佐纪雄欢呼起来，冲到阳台上。

庭院的杂树林里，野鸡发出急促的尖叫声。

今年夏天，这是浅间山地区火山的首次大爆发。

从火山口腾空而起喷出的烟柱里，像焰火一般火焰飞舞，那是电光，还是火石呢？

不过，佐纪雄的父亲和母亲平静地坐在房内的椅子上看着火山喷发，那是个不必跑到阳台上从窗户就能看清浅间山的房间。

在轻井泽，能不能看到浅间山是决定地产价值的一个条件，无论是别墅的承租人还是访客的第一句问候语就是“能看到浅间山嘛”，这已成为一个惯例。

这座自古就有的名山，不仅因为云雾缭绕会时隐时现，而且由于是活火山的关系，光秃秃的，反而容易随着季节与时刻的变化不时变换山体的颜色。

佐纪雄家的别墅建在朝南的山岗上，看得见浅间山的西侧是个斜山坡，所以西侧的杂木林就成死角看不见了，每当太阳偏西后，能看到的大棵榆树只剩下一株了。

这棵榆树孤零零地矗立着，周围没有任何阻挡物，尽情舒展的树枝顶端朝四面八方稍稍垂荡，看上去比一栋房子还大，密密的树叶正随着人体无法感知的微风摇曳。

孩提时代的佐纪雄每到夏天，就会把这棵大榆树当作一把幸福的绿伞，怀着童话般的心境眷恋着它。树底下放了一把藤椅子，母亲喜爱坐在那儿，在佐纪雄幼小的记忆中，自己被妈妈抱着，穿过树叶仰望变得破碎凌乱的天空。

从小时候起，只要浅间山喷发，佐纪雄就会冲到阳台上去，引得爸爸妈妈大笑。为什么会那样，他自己也闹不明白。

为了观赏浅见山，佐纪雄家的阳台也是由南向西打拐的。

榆树位于偏南的西侧，浅间山在树的右边，在偏北的西侧。

佐纪雄蹿到阳台上，那天是有月亮的夜晚。

远处的月亮光色清澄，火山喷发的浓烟在静谧浑厚的夜空中高高地扬着头。

那情景好似漆黑的巨石群的排列组合，又恰似挥起的地底深处巨臂上的肌肉疙瘩。

刚喷发的火山，冲天而起的并不是烟雾，看上去就像由令人恐惧的力量凝结的固体物。

要不了多久，它就升腾到几千尺的高空，遮天蔽日，把火山灰远远地降到十多公里之外的地方，积聚能量，仿佛冲出大地的炮口一般。别的地方是不可能直观如此之大的成形力量的。而且，与风暴和海啸不同，它是力量的集结，可以静静地观赏。

试图拍摄浅间山喷发的摄影家们，竞相拍摄喷发的瞬间和紧接着喷发后的情景，佐纪雄也和他们一样。

等到烟雾完全升腾而起，或者横向一边扩散开来之后，他就不想再看了。那种紧迫感不在，魅力减弱，烟雾中闪电般的火花也不见了。

火山喷发的瞬间，他会忘却恐怖沉浸在欢天喜地之中，不过，一旦遮天蔽日的烟雾到了头顶上方，那留在心中的便只有恐惧了。

或许这可以说是突遇大自然蛮力，因逆反而显得无比坚强的人又变得虚弱了。

伴着轰的一声巨响喷涌而出，今夜佐纪雄看到的应是理想的喷发。

月光明亮的高原夜空中，巨大岩石块似的喷发时的重力感依然强烈。

刚过傍晚，一定有许多人在观赏火山喷发。然而，一种浓厚的孤独感朝佐纪雄逼来，仿佛只有他一人在看喷发似的。

他觉得在寂寞无人的世界，愤怒的大地灵魂站立起来了。

忽然间，四下里笼罩着冰原般的寂静。

佐纪雄一只手抱住阳台的圆木柱，眼睛一眨不眨地凝视着。

喷发出的烟雾弯扭缠绕，向上升腾延展。

浓烟滚滚蠕动，上升速度为每秒二十米，每分钟一千米。

幸好没有风，浓烟呈云柱形笔直上升，不久，头部像蘑菇那样呈伞状打开。

然后，在空中弥漫开来，一直压向佐纪雄站立的上空。

月亮挂在向西流动的浓烟相反的东侧上空，烟雾边缘与月光在空中的相交之处，飘浮着微明的雾流。

佐纪雄感到：从厚厚云层的碎裂缝中露出的混沌的光云中就像

有某种恐怖将要落下来似的。

正在此时，弘子的手轻轻触碰到佐纪雄的肩头。

一时间，佐纪雄将女人身上的香气误认为火山喷发时的气味。他就是如此敞开自己的心扉眺望火山的喷发的。

佐纪雄吓了一跳，肩膀颤抖一下。他发现弘子的体味竟被吸进了自己体内的深处。

“真可怕。”弘子说着，稍稍向他靠近。

“嗯，不可怕。”佐纪雄觉得自己的声音有点走调，低下了头。

野鸡尖叫处的广阔的杂树林枝叶繁茂，只有一丁点儿的月光漏下，树下的泥地是阴暗的。

佐纪雄仰望天空。

“好可怕呀。”弘子再次轻声嘀咕。

黑色的烟云宛如一张不吉利的大幕遮住月亮，开始垂落下来。

“不怕。”佐纪雄冷淡地回答。

“是吗？听说佐纪雄喜欢看火山喷发，是吗？”

“谈不上什么喜欢。”

“哟，刚才你妈妈还这么说来着。她笑着说，又跑出去了，一个怪人！”

弘子像是在对一个孩子说话，但她的话音酷似冲着相爱的人说时的声调。弘子也被喷发吸引，同时，这种自己也不曾意识到的恐惧还使她变得分外妖艳。

佐纪雄缄默不语。

弘子的小姑娘般甜美的声调沁入佐纪雄的心灵，突然，他感到悲从中来，孩提时代的某些事情被回想起来。

弘子用搁在佐纪雄肩上的手指做了个信号："进屋吧。"

"好的。"佐纪雄并未挪窝。

"就这么老看下去？相当感兴趣嗳。"

不过，弘子也并不着急，平静地说："佐纪雄的妈妈说得太不对了。"她笑了笑，接着说，"她朝我看了一会儿，感叹道，你晒得真黑。要是你妈还在，今年是不会让你去打网球的。她是在说我妈妈。所以我才站起来走出来了。你妈妈大吃一惊，好像自己讲了不合适的话……我不应该出来，真是不好意思，请一起回屋吧。"

"你妈妈何时离世的？"

"我妈妈？"弘子像是用放在佐纪雄肩上手指作答，"我七岁的时候，上小学那年。我是大月生。"

佐纪雄能够直接感受到弘子手指的柔软，肩部那地方在发热。

而且，现在只是在夏天的内衣外穿了一件衬衣而已，他觉得自己的肩胛骨碰到了弘子的手指，不禁脸上发起烧来。

"我说的话，难道对佐纪雄的父母大人来说就那么意外吗？"弘子喃喃自语地说。

佐纪雄没有回答，他无法回答，若要作答，他必须摈弃自己少年的羞耻心。

"他们都吃惊不小，好像我不是来跟你说话的。"

佐纪雄依旧沉默，就在他对弘子产生一点愤怒的时候，传来了"乓乓乓"的敲打铁皮屋顶的声音，像是大颗的冰雹落下，那声音却比冰雹更显孤独、虚幻。

"哟，哟！"弘子吓得抱住佐纪雄的肩膀。

"嗨，真讨厌，怎么搞的。"

声音一下子剧响起来，小石子滚落在屋顶上，砸在杂树林的树叶上。

“危险！佐纪雄。”弘子想往后退却，可佐纪雄反其道而行之。

“嗯嗯，没关系。是大颗粒的火山砂吧。”

“砂？哪里是砂子，是石头！”

“嗯，这样大小的还是称作火山砂，只要小于三毫米的就叫火山砂。”

“是吗！”弘子呆若木鸡。

屋顶上、树林里，一种惊慌失措的不安感逼近，坠落物的声音不规则，更令人恐惧。

弘子紧张得缩成一团。

“佐纪雄，佐纪雄！”母亲的呼唤声传来。

“佐纪雄！”弘子的喊声颤抖，一只手臂搭在他的肩上，身子向后倒去，“不行，真的不行！”

“没事儿！”佐纪雄使劲挣脱。

“啊！”弘子一个趔趄，“真是个怪人。”

她站在稍后的地方盯着佐纪雄的脸。

“哟，佐纪雄！你在哭吗？怎么啦？”

转眼间，佐纪雄失去控制的泪水顺着脸颊流下来。

弘子又把手搭在他的肩上：“怎么啦？对不起，是我不好吧？”

“不是的。”

“那又是为什么？”

佐纪雄自己也闹不明白，他甚至不知道自己会流泪。

莫不是一听到小石子落在屋顶上的声音，某种支撑他的东西就瞬间消失了？

弘子完全没想到佐纪雄的眼里噙满泪水，只觉得一股纯粹少年的气息扑面而来。

然而，她又觉得这是十五六岁小男孩的令人讨嫌的任性造成的。

弘子感觉到沉重的负担，靠近佐纪雄站立着。

“灰尘掉落了。”佐纪雄说。

火山灰“沙——”地静静地落在树叶上。

小石子的声音又变得稀稀落落的。

“是的，火山灰下来了，不要紧了。”

“唉。”

“佐纪雄也不要紧吗？”

佐纪雄没正面回答，抬头仰望天空：“灰飘到很远的地方去了。”

灰色浓浓的雾霭沉重、浑浊，皓月当空的夜晚反而令人讨厌地变得昏暗，可是，他们俩还是侧耳倾听着火山灰降落到树林时的声音。

“沙沙的，真好听。”弘子小声说着，注视着佐纪雄的脸，“好吧，我回去了，不哭了吧？”

佐纪雄默不吱声。

弘子站在窗外向佐纪雄的父母打招呼。

母亲跑到阳台上，一个劲地挽留她到火山灰停止降落后再走。

“妈妈，拿把伞！”

“是啊。”母亲叫女佣拿出伞来。

“妈妈，再拿一把。”

“对呀，佐纪雄，你去送送她！”

“不，行了。没关系的，大婶。”弘子说着，来到杂树林的空地上，走下山坡。

佐纪雄从后面追上去。

听到脚步声，弘子在一棵大核桃树下站定等待。

“谢谢你，一起走到镇上吧。”她把伞撑开放在佐纪雄的头顶，“我不要打伞。”

“我有伞。”

“行啦。”

“那我来拿。”

“是吗？”

弘子把伞交给佐纪雄。

“去年夏季火山大喷发的时候，我把这伞倒过来放在院子里。”

“是为了承接火山灰吗？”

“是的，铅桶里积灰竟达到三分之一。”

边走边谈之时，弘子又轻轻地抱住了佐纪雄的肩头。

两人共撑一把伞，虽然这样走比较方便，可佐纪雄又不再吱声了。

弘子温柔地问道：“你怎么了？还感到悲伤吗？”

从林间小道渡过小桥，稍宽的道路上洒满朦胧的月光。

“弘子为什么要去嫁人呢？”佐纪雄语速很快。

弘子一惊，明朗地笑起来。

“哟，我出嫁，你觉得不可思议？”

“嫁到一个不熟悉的人家去啊。”佐纪雄一吐为快，话音颤抖地继续说，“喜欢弘子的人太多了……我是知道的！”

“要去一个不熟悉的人家啊。”弘子歌唱似的鹦鹉学舌，“就是嘛！”

“我真是百思不得其解啊。”佐纪雄愤愤不平，耸起肩来，挣脱了弘子的搂抱。

他觉得实在难以允许一个待嫁的女人泰然自若地抱住自己的肩头。

岁暮

一

又逢岁暮，亡友之妻在何处

加岛泉太嘀嘀咕咕地吟着像是俳句的句子，他并不是要朗诵俳句，只是很自然地道出了这时的想法。

泉太很少去读别人所作的俳句，自己创作就更少了，因而他无法判断这一句是否能成为俳句。

究竟是“何方”、“何所”好呢，还是“何处”好，他很犹豫，只是一开始就吟作“何处”，便觉得“何处”更接近现代国语，且较少矫饰。

泉太将此句随意地写在色纸上，在“何处”一词的旁边，又写上“何方”、“何所”，让三个词并列，并拿给女儿泰子看。

“这几个词哪个好？”

泰子接过色纸，看了看父亲的脸，又把目光落在色纸上，轻声念道：

“又逢岁暮，亡友之妻在何处。”

“在何方……在何所……”

“你能再念一遍吗？”

“再念一遍？又逢岁暮，亡友之妻在何处。又逢岁暮，亡友之妻在何处。又逢岁暮，亡友之妻在何处。”

泉太瞑目静听。

就这样，他沉默了一阵。

“到底哪个词好呀？”这一次是泰子催问了。

“嗯？”

对泉太来说，三个词用哪个都行。本来，俳句对他来说并不是大问题，他是想听女儿的声音。

一周之前，泰子从婆家回来时，泉太听到女儿的声音感到惊讶，这种感觉颇难说明。

事隔一段时间听到女儿的声音——八九个月前还是朝朝暮暮听惯的、理应总是在泉太家的声音，泉太好像有一种觉醒的感觉。与其说这是遇见亲生闺女的亲切感，毋宁说这是他自己的一种心绪，好似平时一直埋藏在心中的植物突然绽开了花朵一样。这是一种令人喜悦的惊奇。

其实倒也并不是什么值得惊喜的事情，泰子打算与丈夫分手，才逃回娘家来的。

泉太作为父亲，当然感到困惑。

不过，他听到女儿的声音觉得惊讶则是生理性的反应。

泰子的脸颊瘦削了，眼白发青，下眼睑在颤抖。

她的笑脸与出嫁之前并无区别，只是强作微笑时，洁白的牙齿映入泉太的眼帘，令他感到不胜同情。

泉太甚至决定尽量不去看女儿。

尽管如此，女儿的声音还是使泉太喜悦，他自己可能尚未意识到，恰似渴望已久的东西得到了满足那样。

说起来，女儿的声音会使他产生这般感受到并不是头一回，女儿出嫁之后从外面打来投币电话的时候他就感觉到了。

那一次，泉太听到女儿的声音感到意外，问些无关紧要的话，来拖长交谈的时间。

“我只拿了一枚五分的硬币，可以挂断吗？”泰子问。

“怎么不多准备一些？你应该带两三枚才对。”

“哟……是的，爸爸……”

电话断了。

泉太露出了微笑，他忽然想起了妻子年轻时的声音。

他慌了神，面色尴尬。

由自己的女儿想起老婆的年轻时代，真是有负于这把年纪，然而，事情还不仅仅如此。

泰子与她的母亲纲子极为相像，声音也一样，与她俩共同生活的泉太倒是要设法寻找两人的不同点。别人指出这一点时，他也有同感，不过这样说的人太多，多少使他感到不快，也觉得不好意思。

她俩声音这么相像，泉太也完全承认。

纲子比年龄显得年轻，尤其是她的声音，过了四十岁仍一点不嫌老，甚至叫人觉得不自然。“越过纸槅门听上去，她的声音与泰子活像姐妹。”别人也这么说。

纲子年轻的声音有时会使泉太感到腼腆。

因此，当他在投币电话中听到泰子的声音时，便想起纲子过去的声音也就不奇怪了。不过，泰子在家的时候，他未曾有过这种感觉，也许不能说完全没有，抑或是一直在泰子身上看到年轻的纲子面影的缘故。话虽这么说，可在家时的泰子宛如便服，而电话中的她却好像一件出访做客时穿的礼服。

大女儿泰子出嫁之后，泉太观察妙龄女郎的视线发生了一些变化。

在街头漫步时看到姑娘的背影，他会惊奇地说：

“哎，那不是泰子吗？”

说着还加快了脚步。

“不是，不是的！”

纲子断然否定。

泉太被说得哑口无言，却还是固执地追上姑娘。纲子很不服气地从后面跟上来说：

“真讨厌，这不明摆着不是嘛。”

“不过，这真是一位好姑娘啊！”

“是呀！”纲子好像并不起劲，“再好的姑娘，也不可能要到我们家来……由她去吧。”

“女人呀，可真是薄情！”

“你才是个想不开的人哪！如此恋恋不舍，又何必把女儿嫁出去呢……”

“谈不上恋恋不舍。”

看来到底还是做母亲的想得开。女儿已是离开自己身边的人，如今正在婆家追求幸福。也就是说这是现实的。

而泉太呢，确有某种不甚确切、脱离实际的紧随女儿而去的留恋，总也无法摆脱。

在街上遇到别的姑娘，就会想，这么好的姑娘难道又要去嫁人。

因为会想起自己的女儿，才会去注意别的姑娘。不过，还不仅仅如此。他觉得自己未必不能当这样的好姑娘的恋爱对象，这种与年龄不相符的卑劣根性也暗暗抬起头来。

这也许是对泰子留恋的一种变形。

可是，把女儿嫁出门当媳妇后，泉太有一种如释重负的解放感，觉得很轻松，又觉得没了依靠，他广泛地注意观察别的姑娘，想到了与年轻女人的奇妙的爱。

青春的气息仿佛又隐隐约约地再现了。

由于女儿在电话中的声音便想到老婆年轻的时候，也是因为上述缘故吧。

难道这就是嫁出闺女后的父亲们的一般心理吗？

或者，因为泉太是一位艺术家才有这种特殊的心理？

泉太作为剧作家，在泰子尚未出嫁的时候，就让她朗读过自己作品中年轻妇女的台词，有拗口的地方再重写，此外，他还向女儿打听年轻姑娘们用的新词，将它们写进作品。

请女儿读俳句的时候，泉太想起了这些事。

他觉得这些剧中的人物仿佛如今已成了现实生活中的人在某处生活。

这大概也是久违的女儿声音的力量吧。

二

泉太在新的色纸上，再次写上俳句。

他还是写了“何处”，用“何方”也罢，“何所”也罢，总觉得不成句，而“妻在何处”又很死板，“岁暮”一词呢，则显得平庸。

定睛再看，还是俳句本身太令人腻味，加上毛笔字又差劲、矫饰，叫人乏味。

成不了就别做，泉太想着，产生了厌恶。

首先，这类俳句不能成为商品。

泉太是在为报社写色纸。报社在岁暮时，于百货店举办名士字幅和诗签现场出售会，把货款捐助出去，这是每年例行的，还向穷人发送正月年糕。

泉太捐赠字幅，也成了多年来的习惯。

又逢岁暮，亡友之妻在何处

这等不吉利的俳句是不会有人求购的吧。

本来只要写上一两张就可以的，出版社送来的色纸多了，于是俳句居然成了胡乱涂写物。

这句俳句中的“亡友”是复数，那么，其“妻”理所当然也是复数。然而，泉太确实针对一个女人写下的。

这位妇女乃是热心的读者，大约十年来，一直在购买泉太的字幅。

她第一次写信来说买了泉太的字幅时，自称“女学生”，泉太觉得有点奇妙、啼笑皆非。她少女气十足地写道，在会场购买的时候，心中怦怦直跳，回家后欣赏时，仍然心跳得厉害。

泉太没有回信。

第二年岁末，她又来信说买了泉太的字幅。据说她担心泉太的作品被人买走，在会场开门前就久久地在门口等待。这一次，泉太给了回信，说其实不必这样，如果想要字幅，要多少都可以为你写。他记得那位妇女的名字叫做木曾千代子。

第三年春天，千代子来信说，她从女子学校毕业了。

当年，也就是第三年的年末，千代子又来信说，买好了泉太的字幅。

她在信上还说，想上泉太这儿来玩，但是总没见她来过。

她终于来了，那是夏天。身穿凉爽的小千谷的绉绸衫，系着有蓟花花纹的腰带，虽然朴素，却是位小巧、可爱的姑娘。

泉太有一种受骗的感觉，这样的小姑娘居然是自己剧本的热心读者，完全出乎意料。他感到沮丧。

“你可别再读我写的东西！”泉太生硬地说。

“为什么？”

“对你没好处……”

“是吗？不过，读可是我的自由呀。”

“自由？不过，我是认认真真说的真心话。”

即使有些虚张声势，仍不自然。既然作品公开发表了，那谁要读都是自由的，然而，泉太无法简单地相信自己的作品对社会上多数人是有益的，他对自己并不是没有这种道德的苛责，当一位读者出现的时候，当千代子就在眼前的时候，平时就有的想法终于爆发了。

泉太的剧本是阴郁的、残忍的。

“你喜欢杀人故事吗？”泉太一吐为快似的说着笑了。

千代子不知如何回答是好，望着泉太的脸反问。

“您喜欢吗？”

她微笑着，看上去那长长的睫毛也可爱地绽开了笑容，圆圆的脸，眼睑处老在动。

泉太的剧本中杀人的情节很多，当然，并不是他对杀人感兴趣，他是把杀人当作人类最大的罪恶而憎恨的。

泉太的目的是通过描写这种最大的罪恶，来引发出与此截然相反的人类憧憬最高美德的心灵。

因此，剧中没有坏人出场。

泉太的剧本难得由话剧团上演时，也被解释为好人剧。但是，扮演杀人者的演员带着这一角色是好人的先入观演戏，实在使泉太不服。虽然自己是好人，但因为事出无奈和突发因素的冲动，或者是失去理智的疯狂而杀人，本身就是冒犯苍天的事，要是都把自己想作是好人犯罪，这不显得浅薄吗？演技会流于肤浅。

泉太虽然把别人都当作好人看待，但把自己却看成是一个莫名其妙的人。

他不会写坏人，也可以说他没有写的本领。

生性宽厚，将近五十岁还无法摆脱儿女之情的泉太，有时为了向自己挑战，特地把人物写得残忍，写得堕落。

像泉太这样安于社会良好习俗的老者，最终是无法登上艺术的险峻巅峰的。泉太是想一边鞭打剧中的人物，一边又鞭打自己，抑或颠倒其关系。

有的评论家说泉太是冷酷的作家。遇到这种批评的时候，泉太总是以自己内心深处的温情的目光眺望艺术的远方。

此外，还有的人批评说，理应充满厌恶感去写的作品，作者竟充满爱意地去写。是吗？泉太露出意外的神色，倒并无不悦。不过，他立即醒悟，知道自己是爱憎感均不强烈的废物。这种想法深深地压向心口，还是无法感到欢欣。

不过，有一点是可以肯定的，他给予自己的作品机器作品人物的爱，恰似不为人知的单相思一样，是经常暗暗付出的。

泉太习惯让出场人物的境遇、性格尽量有别于自己，他从未写过私小说风格的剧本。撇开所有剧中人物都是作者分身的想法，泉太要写那些生活中的男女强者，一如为自己卑小的生活悲呼一样。

因此，泉太的剧本完全不同于他贫瘠的生活状况，尽管风格阴郁，却是色彩斑斓、绚丽多姿的，情节起伏跌宕，人物命运大起大落，也许这就是多少会产生一些忠实读者和观众的原因。

泉太希望这种乍一看印象强烈的戏剧尽量演得平心静气，甚至，大部分台词他都写得难以高声吆喝。

不过，无论怎么说，千代子作为泉太剧本的读者，总是不合适的。

那么，如果被问到什么样的人才合适呢，泉太也答不上来。他心中总是有一种矛盾，最好谁也别读自己的作品。他还是认为千代子读这类东西特不合适。

泉太与千代子面对面地坐着也觉得挺不自在。

他感到自己的作品好像尽在给这样的小姑娘注入毒汁，而且实在搞不懂这种毒汁怎么会渗入如此可爱的姑娘的心灵。

记得泉太的女儿泰子还是小学生的时候，他曾经苦笑着对妻子说过：

“等到咱们的女儿长到妙龄时，我大概不能写怪剧本了吧。”

泰子已经到了只要拿到小说就读的年龄，能不能让她读呢？泉太难以作出有自信的判断。总之这类书籍家中到处都是，现在再来禁止几乎已不可能，于是泉太对泰子的滥读采取睁一眼闭一眼的态度。在文人好友聚会时，他讲了这件事，也打听了朋友孩子的情况，听取了他们家长的意见，他觉得女儿要是打算当作家可不好办，而且作为家长要考虑到自己的作品女儿要看这一点才落笔。他发现，迄今为止，对老婆读自己作品很不介意也是令人奇怪的。每次当泰子在阅读泉太作品时，他闯进去后，总会慌忙又走出屋来，泰子也闹个红脸。发现父亲是一个阴郁、残忍的作家，年幼的泰子会怎么想呢？

泉太对自己走过的道路感到愕然与空虚。自己所写的悲剧，由茅草人在舞台上耸肩张臂，甩动破衣袖起舞，仅此而已。茅草人就是作者的形象，在想象着有观众的观众席上，只有秋冬季的大风在萧瑟地劲吹。

“只会刮大风啊！”

泉太嘟哝着，学着刮大风的样子，呼呼地吹起同一张床上泰子额前的头发来。

自从妹妹明子出生以来，泰子就和父亲一起睡了，这种陪睡的习惯还在继续。

泰子的刘海被泉太一吹便一下子站立起来，又倒下去，最后分成两半，露出了额头。

这位可悲的作家，把父亲吹动女儿刘海的微弱、温馨的气息认作刮过人生荒野的大风，颇有野心的泉太的工作，也像大风。

泰子熟睡着。

泉太不停地吹。

“你在干什么呀？不能停吗？”

隔壁床上的纲子说话了。

“是啊，这孩子出嫁后，还会穿着睡衣入睡吗？”

“傻话！”

“不穿睡衣，胸口敞开着会得感冒，落下坏毛病的！”

泉太想，自己为这个社会造就的生物只有这两个孩子，剧本嘛，那是死的东西。

他想写一些可以让自己女儿阅读的东西，可不知为什么感到不胜悲伤。

泰子和别人家的姑娘千代子不同，对千代子，他不感到悲伤。

但是，不愿让自己的作品去毒害女儿这一点却是相同的。

如果不客气地说，就是：“我的剧本到底哪里好，真不知道你的存在究竟有什么好处！”

泉太会顺嘴说出这种奇妙的话。

因为是人，说不定千代子的心中也有某种恶魔盘踞着，它正伸出红通通的舌头，在舔着泉太的剧本呢！

此外，也许可爱的姑娘反而爱读可憎的作品。

一如泉太怒不可遏地写作那样，千代子喜欢不适合她的剧本吧。

千代子穿着紧身的麻绉绸衫，袖子紧撑着。泉太怕热，正在擦汗，而千代子一点儿出汗的迹象都没有。

她的嘴唇如同花蕾，好似精工细雕的工艺品，无疑是脸上一种道具的嘴唇，历历在目地浮现出来，正像花木上最早出现的花蕾一样，而且，她还是一位如同被胳膊紧紧勾拢般的小个子，一位圆滚滚的姑娘。

“嗨，她已经从女子学校毕业了吗？”纲子目送着她的背影吃惊地说，“那腰带真是太素了。”

“她那种人要是穿姑娘的花俏衣服，那简直太像玩具，不自然了。”

“也许吧。”

后来千代子又来过两三次，纲子也觉得她可爱，并喜欢上她。

泉太终于一不小心就会凝视她的嘴唇。

第四年的岁暮，千代子又买了泉太的字幅，第五年也买了。泉太为此感到不忍，于是对她说，还是到我家来，你要什么我就写什么。

“不过，不买的话就显得寂寞，每年我要购买的先生的字幅，会在会场里等着我的。”千代子这样回答。

这话在泉太听来，非常温柔。

第五次买了字幅之后，千代子和她的母亲一起来访，说是要结婚了。泉太好像一下子被卷走了一条腿一样。

妙龄姑娘何时结婚本来不是什么不可思议的事，但是泉太还是感到意外。

母亲说：“千代子很害臊，没法对您说，拖着我陪她一起来。同时，我也想顺便对您长期关照我女儿表示谢意。”母亲说话时，千代子低着头，连眼睫毛都含着微笑，脸上微泛红晕，不过，并不十分腼腆，看上去充满喜悦。

“那也无法再请你买我的字幅了吧！”泉太说。

“咦，那是为什么？”千代子抬起头，注视着泉太，“请允许我再买。”

“不，请不要再买。作为告别，我给你写上一幅吧。”

泉太在某家报社送来的宣纸上写下：

朝闻道夕死可矣

“这是《论语》中的话。”

千代子点头：“我在女子学校的汉文课上学过。”

泉太没写过大字，更显拙劣，看着都觉得可怜。

因为他没有下功夫练过大字。

沉默片刻后，泉太结结巴巴地说：

“是这样，请你把‘闻道’一词理解为‘爱夫’，因为我无法写上‘爱夫’。”

“哎。”千代子茫然。

“嗨，是呀！千代子，你得到了一句妙言……”母亲附和着说。

但是，泉太在这句话里表达了自己的悔恨。

也就是说这是一种怀着倘若早晨能爱上千代子，傍晚便可去死的心态与千代子交往至今的悔恨，听到千代子要结婚，更表现出惊讶和痛悔。

泉太的一生，就是这种悔恨的持续和堆积。

这种悔恨宛如厚厚积雪覆盖的冰冻的原野，宛如落地枯叶堆积后腐烂的树林，这就是泉太的内心写照。

尽管泉太的愿望是竭力全力地去爱当时邂逅的，竭尽全力地过好每一天，不要留下悔恨。然而，他还是虚度了时光。

这一《论语》的语句中，有着泉太的实感，那是来自他多年的经验和悔恨的结晶。

“与人相见的时候应该尽量热情相待，也许什么时候又会分离，也许会无法再见。”

泉太这句话也是说给妻子听的。

话是平凡的，却映入了泉太过去经历的感慨。

而且，平凡的事又不易做到。

要说他爱上了千代子是稳妥的，然而，这是心里面的，也就是说，随随便便地与千代子交往的岁月里，泉太并没有过得很好。

“小姐要结婚，我却写了‘死’字，看上去是不吉利的，不过，这是表现精神准备的词，意即竭尽全力、全心全意……意即活得无悔……”泉太说。

此刻，泉太除了希望千代子那样去爱她的丈夫外，别无他求。

这么一来，千代子也就是去教泉太相爱的，她在强调了不吝惜爱的爱情之后，离他而去。

到了第六年的岁暮，泉太不想再写字幅了。失去了千代子这一主顾，他感到奇妙的寂寞。

然而，千代子还是来买了，第七年她也买了字幅。

在下一年，千代子的丈夫战死了，她已生有一个孩子。

不久，千代子便不再给泉太写信，断了音讯。

泉太不知道千代子是否还在购买每年岁暮的字幅。

然而，每当书写岁暮字幅的时候，泉太就会理所当然地想起千代子。

又逢岁暮，亡友之妻在何处

这幅字若是送去报社在会场上让千代子看见，她又会怎么想呢？

千代子的丈夫谈不上是泉太的“亡友”，他只是由千代子领着，到泉太家来过两三次而已。

泉太是因为想起千代子，进而想起好几位“亡友之妻”。

如今，她们在哪儿呢？连一点儿踪迹都不知的“亡友之妻”也很少了。

茫茫的人生思绪，在泉太的脑中涌流。

图书在版编目（CIP）数据
爱的人们 /（日）川端康成著；谭晶华译 .
—上海：上海译文出版社，2015.4（2023.5 重印）
(川端康成作品系列)
ISBN 978-7-5327-6790-8

Ⅰ. ① 爱… Ⅱ. ① 川… ② 谭… Ⅲ. ① 短篇小说－小说集－日本－现代 Ⅳ. ① I313.45

中国版本图书馆 CIP 数据核字（2014）第 264218 号

图字：09-2012-117 号

爱的人们 愛する人達	[日] 川端康成　著 谭晶华　译	出版统筹　赵武平 责任编辑　刘　玮 装帧设计　尚燕平

上海译文出版社有限公司出版、发行
网址：www.yiwen.com.cn
201101　上海市闵行区号景路159弄B座
山东韵杰文化科技有限公司印刷

开本 890 × 1240　1/32　印张 4.5　插页 5　字数 57,000
2015 年 4 月第 1 版　2023 年 5 月第 6 次印刷

ISBN 978-7-5327-6790-8/I · 4108
定价：30.00 元